我陪你长大，你陪我变老

［新加坡］

尤今 著

海天出版社（中国·深圳）

图书在版编目（CIP）数据

我陪你长大，你陪我变老 /（新加坡）尤今著. —
深圳：海天出版社，2018.5
（尤今小语系列）
ISBN 978-7-5507-2370-2

Ⅰ. ①我… Ⅱ. ①尤… Ⅲ. ①日记—作品集—新加坡
—现代 Ⅳ. ①I339.65

中国版本图书馆CIP数据核字 (2018) 第060724号

图字：19-2018-030 号

我陪你长大，你陪我变老
WO PEI NI ZHANGDA, NI PEI WO BIAN LAO

出 品 人 聂雄前
责任编辑 南　芳　朱丽伟
责任校对 熊　星
责任技编 梁立新
装帧设计 知行格致

出版发行 海天出版社
地　　址 深圳市彩田南路海天综合大厦7—8层（518033）
网　　址 http://www.htph.com.cn
订购电话 0755-83460397（批发）　83460239（邮购）
设计制作 深圳市知行格致文化传播有限公司
印　　刷 深圳市新联美术印刷有限公司
开　　本 889mm×1194mm 1/32
印　　张 9
字　　数 160千字
版　　次 2018年5月第1版
印　　次 2018年5月第1次
印　　数 1—5000册
定　　价 39.80元

《我陪你长大，你陪我变老》，不是一部"育儿手册"或是"家教秘笈"。

不是的。

它仅仅只是一部属于母亲的日记，诚诚恳恳地记录了一个母亲的心路历程；真真实实地反映了一个母亲的内在世界；具具体体地展示了一个母亲的育儿信念；坦坦荡荡地叙述了一个母亲的得失与苦乐。

我从披上婚纱的那一天开始写。

写写写、写写写。

写了老大写老二，写了老二写老三。

看孩子成长，强烈地感受到造物者的神奇。

同样的泥土，却妙不可言地长出迥然而异的植物。

三个孩子，性格不一、能力不一、思想不一，家长自然不能一成不变地制定一个模子，一视同仁地把他们套进去。铸造"罐头孩子"最大的危险是：罐头从外面看上去完美无缺，里面却可能起了与家长愿望背道而驰的大变化；可怕的是，这种变化，是难以觉察的，等病征浮上来时，亡羊补牢，为时已晚。

因材施教，是最佳对策。

然而，坊间却没有一套十全十美的教育理论可供我们照单全收。许多时候，我觉得我就像个摸象的瞎子，瞎抓、瞎猜，然后，从错误中学习。

我不爱说教，也不会说教，所以，读者在书中看到的不是一个道貌岸然地传授各种教育原理的母亲，而是一个谈往事、说笑话、讲糗事的平凡妈妈。

实际上，就我认为，许多生活的真理都不动声色地蕴藏在平凡的琐事中。

从鸡毛蒜皮的小事里，我明确地发现了孩子性格里的弱点；从微不足道的杂事中，我清楚地发掘孩子隐藏着的优点；我顺藤摸瓜，尽一己的责任，扬长去短。

读过一则饶具深意的小故事。

上天堂和下地狱的人，同样在入口处领得一支长达一米的汤匙，天堂和地狱所供给的食物，也是一模一样的。然而，奇怪的是，天堂的住客，个个脸色红润、快乐满足；打入地狱的那一群呢，个个面黄肌瘦，痛苦不堪。问题出在两者心态与性格的差别。天堂住客无私、博爱、慷慨、乐善好施，他们取得了长匙后，一心只想喂饱别人，于是，天堂便出现了这样一种温馨的场景：甲喂乙、丙喂丁、丁喂甲、乙喂戊、戊喂丙，以此类推，人人饱食无忧；地狱者呢，自私、贪婪、无仁、寡爱，他们以长匙取了食物，只懂、只会、只要、只想往自己嘴里送，汤匙太长，手臂太短，食物无论如何也送不到口里，于是，人人饥肠辘辘，恶脸相向。

有些人，际遇不佳，便归咎于命途多舛，实际上，罪魁祸首往往是他惹人嫌恶的性格。我密切地注意着孩子们不同阶段的发展，一旦在他们的性格里发现"臭虫"，便使出各种撒手锏，抓"虫"、杀"虫"。孩子年龄越小，除"虫"越易；一旦性格定型，便"药石罔效"了。有趣的是，抓"虫"的工作是双向而非单向的：有时，孩子也会抓到藏匿于长辈性格中的弱点，于是，在书里，读者除了看到一个忙忙碌碌地歼灭"臭虫"的母亲，同时也会看到一个真诚而愧疚地向孩子道歉的母亲。

如果说家庭是一幅画，那么，我这幅画的底色就是爱。

缺乏理性的溺爱，犹如率性地泼在画布上的浓重颜彩，会破坏画作美好的构图和主题。只有在感性的爱里注入理性的成分，爱才会是糖霜而不是砒霜。所以，读者可以清楚地看到，穿梭于书中的，不是一个"有求必应"的母亲，更不是一个"庇护主义"的信徒，而是一个力求摆脱传统桎梏、在教育方式上另辟蹊径的母亲。我的许多想法、看法、做法，可能与别人意见相左，可是，我行我素，一心只为了让内心的教育理念落实。

图画有了浓淡得宜的底色后，如何使之散发熠熠的亮光呢？

快乐，就是最好的"釉彩"。

假如有一天我在海边拾到一个另有乾坤的瓶子，释放了禁锢在内的巨人，他让我许三个愿望，我肯定会说："第一，我要快乐；第二，我要很快乐；第三，我要绝对的快乐。"

快乐对我而言，是这样的重要，因此我把孩子的心田当沃土，把快乐的种子撒在上面。我要种的，不是一株快乐的树，而是一片快乐的森林。于是，读者在书里可以看到一个哼着歌儿帮孩子把发霉的心情拿到阳光下曝晒的母亲，读者也可以看到一个以朗朗笑声打造串串风铃来装饰孩子心房的母亲。

这部书，写了长长的两年。

当我在时间的夹缝里争分夺秒地写着时、当我在无人私语的深更半夜浑然忘我地写着时，我万万不曾料到，往事并不如烟。巨浪滔天的大事、涟漪微荡的小事，一桩桩、一件件，像走马灯似的在眼前转着、转着，它们盘旋不去，清晰如昨。

当我温馨地陪着孩子一寸一寸地长大时，孩子也温暖地陪着我一尺一尺地变老。

深深感谢中国深圳海天出版社为我出版这部长篇

纪实作品《我陪你长大，你陪我变老》。

　　谨以此书献给全天下关心孩子的母亲和所有敬爱母亲的孩子。

　　衷心希望母亲和孩子在相互宠爱中共度静好岁月。

尤 今

2018 年 3 月 1 日

目　录

1

［第一章］

不速之客

车子一驶入怡保占地广阔的祖宅，红彤彤的喜气便劈头盖脸地撒了下来。靠近大门入口处，伫立着一棵忠心耿耿的老树，枝梢上，这里那里聚簇着一串串、一颗颗灼红似火的红毛丹。

这棵红毛丹树，是婆母的最爱。

爱它的疯。

不辨年月、不分时辰，总是疯了一般地结子，累累的果实，把瘦瘦的枝丫压得弯弯的，浓烈得近乎艳俗的红，自得其乐地把天上肥肥的云朵都染红了。

累累的果实，不是虚有其表的。撕开毛茸茸的果皮，晶莹剔透的果肉闪烁着犹如钻石般的亮光，一口咬下，甜味激射而出，有种爆破的快感。

颗颗如此。

然而，量盛质佳的红毛丹，不是"自求多福"的——它是婆母辛勤耕耘的结果。除虫、施肥、浇水，日日不辍，无时或断。树亦有情，它承受了婆母无微不至的照顾，它感受到婆母充沛盈满的爱，便以丰富可口的果实回报她。

初见红毛丹树那一年，我二十六岁，刚

刚嫁入林家。

那时，婆母的内孙和外孙相加总共有十名，农历新年的鞭炮一响，大家便从四面八方赶回怡保，平时寂寥无声的祖宅，霎时缀满了一串又一串的笑声。在二十世纪七十年代中旬，电脑不普及，电视节目也不是很精彩，嫣红姹紫的花园因而成了孩子们追逐嬉戏的好地方，枝盛叶茂的红毛丹树，当然也就是孩子们"游戏的大本营"啦！生龙活虎的孩子们，一个个化身为孙悟空，飞蹿上树，在粗壮的枝丫间跳来跳去，树叶的绿和果实的红，恣意在他们身上构成纵横交错的图案。

我和婆母，坐在树下的藤椅上，闲谈。

婆母细细的眸子，浮着恬然的笑意，就在孩子们快乐的叫嚷声中，她对我说道：

"以后，你有了孩子，送回来怡保，我代你照顾。"顿了顿，又笑着说，"我教他爬树。"

孩子！

对于当时的我来说，这是一个遥远得近乎陌生的名词。我才二十六岁，刚刚转行，由图书馆专业管理员改任报馆外勤记者，生活由一块单调的白布变为斑斓的花布，有许多该学、想学而又必须要学的，心中、脑里，根本没有余隙容得下任何其他的计划！

此刻，看着在树桠间蹿来蹿去那一张张天真无邪的可爱脸庞，我心里想：养孩子，其实和种树的道理是相通的。

唯有全心全意地爱它、用足心思地照料它、巨细靡遗地监督它，才能使它茁壮地成长。一旦长成，便不要过度保护它，让风吹它、任雨淋它，使它在岁月的历练里形成不畏风雨的坚韧。

他日，如果有孩子，我要他们长成树的样子，有着像树干一般粗壮结实的躯体、有着像果实一样丰盈充实的脑袋。风来，让叶子奏出沙沙的声响随风婀娜起舞；雨来，让雨水把树叶刷出一层悦目的青翠油亮。

我不要室内弱不禁风的盆栽，不要呵不要！

措手不及

清清楚楚地记得：那天上午，我到裕廊区一家中式糕饼店进行采访，准备以专题特写的方式呈现。

中式糕饼是我国一门历史悠久的行业。自从很多年前那一群胼手胝足者南下拓荒后，这一行业，便随着他们在此落地生根了。在昔日的古老社会里，这些种类繁多而美味绝顶的中式糕饼，除了满足人们的口腹之欲外，也是婚娶或祭神不可或缺的礼品，因此，它既是古色古香的，又是瑰丽神秘的。不过呢，时过境迁，到了二十世纪七十年代中旬，随着西风东渐，社会风俗改变、饮食口味转变，加上原料不断涨价、工人难以聘请，中式糕饼制造业陷入了前所未有的困境。我因此决定深入探讨这门行业的前景。

店里，三十余种形状截然不同的中式糕饼，以美不胜收的缤纷色彩撞痛了我的双眸。烘焙糕饼所散发出来的香气，汇成了一阕热闹的"交响乐曲"，肆无忌惮地"响"在店里每一个大大小小的角落里。

这天早上，和往常一样，我还没有吃早餐便赶着出门进行采访了，然而，奇怪的是：此刻，满室香气引起的不是蠕蠕而动的馋虫，反之，我觉得腹部好似注入了过多的空气，鼓胀鼓胀的。当"天真烂漫"的饼气"不识时务"地侵入嗅觉时，我竟然极为反常地生出了想要呕吐的感觉！

我想，我是生病了。

也许，又是可恶的胃病在作怪了。自从当上记者后，恼人的胃病便不依不饶地对我纠缠不清了。

访问一结束，我便赶往荷兰路的一间医务所。医生一检验，便露出满脸笑容，连声说道：

"恭喜，恭喜你！"

肚子里来了个"不速之客"。

预产期是次年六月。

从医务所出来，我的心茫然得像是大海中一艘迷失方向的船。

上个星期，我和外子日胜还兴奋地策划着一项环球旅行计划——我们打算各自向任职公司申请三个月无薪假期，逍遥自在地四处遨游。为了这个美丽的计划，我在工余之暇，像只贪婪的蠹虫，拼命蚕食历史和地理的书籍，那张大大的世界地图，几乎被我翻烂了。那种为了"行万里路"而去"读万卷书"的心情，十分美丽。

可是，现在，一切计划，都将泡汤了。

快要当妈妈了，按照常理来说，我应该欣喜若狂，可是，这个消息，却又来得不是时候。我走出医务所的脚步，超乎寻常地沉重，好似有人无端端地为我加了一副脚镣。

以这样的心情来迎接我生命里的第一个爱情结晶，是我怎么也意料不到的……

取消了环球旅行的计划，我在"顶着炎阳、踩着星光"的采访生涯中，一面东奔西跑，一面"等待"着新生命的降临。

说"等待"而不说"期待"，主要是怀孕期间所有不适的症状，我全都有。

呕吐、晕眩、反胃。整个人，老像踩在缥缥缈缈的云絮里，虚虚浮浮的；有许多次，访问进行至半途，我必须向被访者道歉，冲去洗手间，呕得天翻地覆、吐得天旋地转，臭气熏天，苦不堪言。嘿，"害喜"这个词儿，应该改成"害苦"才对呵！

这个时期，我变成了一枚地雷，一触便爆，甚至，不触也爆，脾气坏得连自己回想起来也觉得对不起自己。

有一天，为后继无人的古老洗衣业完成了一项专访，回家时，已是晚上八时许了。两条腿累得好像轻轻一折便会"喀嚓"一声断掉，比腿更累的，是精神。

日胜比我先回家，饭菜已做好了，搁在桌上。有一尾清蒸石斑鱼、一盘洋葱炒蛋、一锅包菜萝卜汤。一看，气便不打一处来。嫌鱼膻、嫌蛋腥、嫌汤淡，也嫌自己心情黯淡。日胜呢，心情极好地盛了热气腾腾的饭，说："吃吧，吃吧！"我一言不发地捧起饭碗，不情不愿地用筷子尖将饭粒拨进口里。日胜夹了一大块雪白的鱼肉，放进我碗里。不知怎的，我居然动气了，飞快地将那块鱼肉"唰"的一声从碗里扫到桌上，莫名其妙的眼泪，豆大的、重甸甸的、直直地掉进碗里。日胜没有出声，若无其事地用筷子把桌上跌碎了的鱼肉轻轻夹起来，放到一边，然后，以一种宽容而又包容的眼神看着我，说："会生一枚爆竹呢！"见我没有搭腔，便又说道："地雷生爆竹，以后，满屋子都是硝烟的味道哪！"眼泪还在"吧嗒吧嗒"地掉，可是，这个妙趣横生的比喻却让骤然而生的笑意爬进了我眼里。顿了顿，他又正色地说道："笑声，是胎儿最好的营养呢！你好像好久没有让胎儿服食这种维生素了！"

几句话，醍醐灌顶。

我醒了过来。

啊，我怎么一直没有想到胎儿需要"快乐"这个重要的基本元素呢?

接下来的日子，学会了控制脾气，而怀孕初期不适的症状也慢慢地消失了，不再晕、也不再呕。

正当我日感舒适之际，另一种可怕的"症状"却出现了：胃囊，成了一个"无底深潭"，不管投入多少食物，都填不满。即连空气，如果可以用刀切割成一块一块，我也许都会吃得津津有味哪！

日日、餐餐狼吞虎咽的我，吃得心安理得、吃得全无后顾之忧，因为不管吃多吃少，肚子都是一样的大、一样的圆，不吃白不吃，所以，愈吃愈凶、愈吃愈猛，如果这个时期去参加竞食比赛，冠军非我莫属。

吃得多，睡得好，身强体壮，有时，我在健步如飞之际，竟然忘了自己是个身怀六甲的人。

就这样，出事了。

那一天，亚洲妇女福利协会举办记者招待会，宣布一项意义重大的试验性计划——在宏茂桥社区老人院成立"日间托老所"。记者招待会定于早上十时举行，我九时整便站在路边等计程车，然而，等了许久，都看不到计程车的踪影。向来时间观念极强的我，心里爬满了由焦灼化成的蚂蚁，就在群蚁左一口右一口地咬噬着我时，来了一辆公共汽车，密密麻麻地挤满了好似沙丁鱼的人。我不管三七二十一，化身为冲锋陷阵的战士，硬硬地挤了上去，宛如杂技团里的团员，险状百出地站在阶梯上。当时，心里只有工作、工作、工作，安全意识全然抛诸脑后。愚蠢的行径，带来了相应的恶果，车行不久，司机因故猛然刹车，我站立不稳，惨惨地从阶梯上掉了下去，仰面跌在马路上。在众人惊慌的喊叫声中，一波一波痛楚由足踝清清楚楚地传了上来，在那一刹那间，我怕得整个人都麻痹了，完完全全失去了思索的能力——不是怕受伤，而是担心胎儿受影响。善心的路人七手八脚地将我扶起来，有位驾车路过的热心人士风驰电掣地把我送到医院去。

检验的结果，七个月大的胎儿安然无恙，可是，足踝严重扭伤，给了两周病假。

偷得浮生两周闲，我躺在床上，开始认真思索孩子出世后由谁照顾的问题。

聘请佣人吗？我和日胜都是早出晚归的人，谁来监督？

交托给保姆吗？目前又没有物色到可靠的人选。

唯一可行的办法是把孩子送到五百公里外的怡保去，交给婆母照顾。生活清闲的婆母，非常喜欢也非常渴望照顾孙子，孩子交托给她，我可以百分之百地放心，而婆母也会百分之百地开心，正是两全其美也。

伸手不见五指

预产期定于 6 月 11 日，精神奕奕、体力充沛的我，在采访线上东奔西走，一直到 6 月 8 日，才停止工作。

骤然由高度的忙碌变成了极度的清闲，我把生活的重心转移到厨房去。

我为自己炖煮各式各样的补品，吃得最多的，是炖黑鸡。采用的，是一种非常特殊的炖煮方式——黑鸡剥皮后，斩成四大块，放进石臼里，以石舂捶得糜烂糜烂的；然后，将碗倒立，置于双层炖锅内，再把糜烂的鸡块放在碗底上面，以小火炖上四个小时。蕴含在鸡肉里的汁液，被灼热的火力逼了出来，金黄色的，纯粹而浓郁，不可思议的鲜。一匙一匙慢慢地喝着时，像在啜饮阳光，全身的细胞都被烘得暖洋洋的，十分舒畅、十分受用。

晚上，日胜回家，便带我到各大餐馆品尝各式美味，我吃得脑满肠肥，油光满面，胎儿呢，竟在"尝遍美食"的情况下，迟迟不肯"面世"。

照顾我的，是妇产专科医生陈莉娜（Dr. LENA CHEN），在预产期过了整整十天而依然没有动静之际，她劝我多做运动。

"运动！"我喊了起来。平常一说到运动，便好像碰到了"宿仇"，现在，挺着一个水桶似的大肚皮，居然叫我去做运动？

陈莉娜医生苦口婆心地劝我加入医院为孕妇开办的"产前运动班"，我把头摇得好像拨浪鼓一样。她无奈，只好退而求其次，说：

"尽量到公园走走吧，运动越多，就越容易生产。"

那时，我住在纽顿圈附近一所私人公寓，楼高四层，我住顶楼。那天，检查回来后，我便"物尽其用"地利用楼梯来进行运动了。每天三回，在用过早餐、午餐和晚餐后，我便在楼梯间爬上又爬下，如此上上下下、下下上上的，走得汗流浃背、气喘如牛，可是，肚子里还是一点动静也没有。

6 月 28 日，再去复诊时，陈莉娜医生终于下了"战书"，说：

"准备入院吧，明天一早，我为你催生。"

1977 年 6 月 29 日，我入住 Mount Alvernia 医院（新加坡安微尼亚山医院），在打了催生针的五个小时后，长子诞生了。

取名林方义。

他的祖父，在未去世之前便列下多个孙儿的名字，中间那个"方"字，是根据族谱而定的，最后一个字则明确地寄寓了祖父对第三代在精神面貌上的期许。

当我把这个七磅重的小婴儿抱在怀里时，第一个窜进脑子的念头竟是：

"啊，我真不该喝那么多咖啡的！"

那一张小小的脸，好像是关了灯的房间，黑得伸手不见五指；我费了好大的劲，才勉强找到他的眉眼鼻唇。

嘿，真是丑，我心里想。可是，一种混合着骄傲与欢喜的情愫，也在这时好似潮水一样涌满了我胸臆。

我做母亲了呢！

我默默地想，对自己微笑。

这一刻，完全没有想到前方的路究竟有多漫长，更没有想到养育孩子种种无法避免的艰苦与困难。

坐月子

在南洋商报当记者而生下长子的那一年，我的月薪才七百余元①，可是，当时，请一个陪月，我却得付上八百元，外加一个五十元的红包。

所谓的"陪月"，是新加坡与马来西亚一带盛行的职业——孩子初诞的那一个月，请个人回家来照顾产妇和初生婴儿，工作范围包括为产妇烹煮各种在月子期间享用与进补的食物、洗熨衣服，此外，最重要的，她得照顾初生婴儿的一切，诸如喂食、冲凉等等。

我事前已和这位当陪月的张嫂见过面了。五十开外，头发全往后梳，露出了光洁的额头，额上有细纹。嘴里镶了金光闪烁的牙齿，说起话来头头是道，一副干练敏捷的样子。挺合眼缘，立刻付了四百元订金。然而，我万万没有想到，当时看到的，竟是个假相。

从医院回到家里，张嫂已经在厨房里忙着了。我闻到黑醋的酸味儿，心里十分欢喜。根据民间流行的说法，黑醋有助产后康复，而我一向又很喜欢吃猪脚醋，想到居家休养的这段期间可以大吃特吃，心情特好。

张嫂就在那一团一团的香气里从厨房走

① 指新加坡元，后文同。

了出来，没有一如期望般接过我怀里的孩子，只说："床已经铺好了，你就让孩子睡在床上吧！"说话那语调，竟是命令式的，冰冷而不带一丝感情。我愣了愣，还没反应过来，她又说道："尿布我已经叠好了，要用时，可以去柜子里拿。"说毕，便施施然地走进厨房去了。

我觉得累，把孩子安顿好，躺在床上，朦朦胧胧正要入睡时，孩子却"哇"一声哭了起来，宏亮的哭声把停驻在我眼皮上的睡虫驱赶得一干二净，我爬起身来看，只见他整张小小的脸哭得缩成了一颗皱皱的胡桃，两条细细的小腿在空中无助地抖动着。他到底为什么而哭呢？是饿了吗？抑或是身子不舒服？我困惑而又无助，只好一迭声地喊："张嫂，张嫂！"一连喊了几声，才听到她不耐烦的声音从厨房那儿遥遥地传了过来："你没看到我在忙吗？"天呀，她连走进房来瞅一眼也不肯，我真是"遇人不淑"了！

中午，吃过了她为我准备的猪脚醋后，睡虫爬上眼皮，我倒下便睡。是被客厅里电视机的声音吵醒的。走出房外，眼前的景象吓得我睡意全消。张嫂正坐在电视机前面的沙发上，两条腿粗鲁地张开着，小宝宝就在她两腿间头歪歪地睡得昏昏沉沉。电视机开得震天价响，而她，居然手夹香烟在吞云吐雾！浓浊的烟味，像阴魂一样，阴阴沉沉地氤氲在客厅里。

我生气极了，大声喊道："张嫂，你怎么可以对着婴儿抽烟呢！"

她抬起头来淡淡地看了我一眼，扯了扯嘴角，似笑非笑地应道：

"这是你的第一胎嘛，也难怪你这么紧张！告诉你吧，我当陪月已有整整二十年了，在我手上长大的婴孩，数也数不清，不过，我到现在还没听说哪家哪个婴儿因为我吸烟而出事哪！"

当时年轻，听了这话，竟不敢拉下脸来骂年龄比我大上一倍的她，再说，投鼠忌器，晚上是她陪婴儿睡的，惹恼了她，谁知她会做出什么事来！

忍气吞声地将婴儿抱回房间，很觉委屈。人人都说请了个陪月，我可以尝尝"皇后"式的舒适生活，可为什么我第一天便有"度日如年"的感觉，为什么呵！

正痛苦间，我的"救星"适时来到了——看孙心切的婆母，从怡保迢迢地乘搭火车来新加坡了。

晚上九时许，日胜从火车站把她接回家来。她一进门，便喜不自抑地把婴儿紧紧地搂在怀里，脸上每一道或深或浅的皱纹都镶嵌着浓浓的笑意，那种说之不尽的爱，源源地由心坎深处流了出来。

张嫂坐在一旁，一张脸，像搁在冰箱里的隔夜面包，又冷又硬。她原以为自己在这屋子里已是个"稳操大权、呼风唤雨"的"将军"了，没有想到"半路杀出一个程咬金"，满心的不悦，化成了满脸不豫之色。

当天夜里，婴儿哭，她泡奶。婴儿喝奶，她抽烟，烟灰簌簌地掉落在婴儿的脸上，正巧婆母起身探视，看到了这"惊心动魄"的一幕，将她结结实实地训斥一顿，之后，把婴儿抱到自己的房间里照顾。

这个既不敬业又不乐业、一味只会倚老卖老的陪月佣人，次日一大清早便来敲我的房门，气鼓鼓地说：

"我不做了！"

正中下怀，暗暗欢喜。担心她改变主意，赶紧包了个红包，火速将她送回家去。至于预付的那四百元订金呢，就当作是她工作几天的酬劳了。

嘿，真有一种送走"瘟神"的感觉呢！

而从这一天起，我才真正地享受到坐月子无尽的快乐。

这一回请全职佣人的经验可说是十分不愉快的，这种宛若被蛇咬的感觉，使我在此后长长的一生里，把请全职佣人这一码事当成了"井绳"。

婆母从怡保给我捎来了两大惊喜。

她带来了十二只鸡和一大袋中药。

鸡，每只重约一斤，皮黄肉嫩，一只只清洗得干干净净，装在塑胶袋子里。婆母一边忙忙碌碌地将它们塞入冰箱里，一边欢欢喜喜地对我说道：

"这些鸡，都是自己饲养的，买回来时，毛茸茸的，比巴掌还小。饲料是自己拌的，一只一只亲自喂饲，一寸一寸地把它们喂大的呢！产后吃这些嫩鸡，特别滋补！"

婆母厨艺极佳，我餐餐大吃特吃。人参炖鸡、红枣蒸鸡、麻油炒鸡、姜酒煨鸡，轮流上阵；猪肝、猪腰，更是无日或缺。

最绝的是她的猪脚醋——煮猪脚醋，来来去去就是那几样原料，猪脚、姜、黑豆、黑糖、黑醋，然而，奇怪的是，不论由谁来煮，都煮不出婆母的那种绚烂已极的风味。丰腴的猪脚酥软而不糜烂、细滑的猪皮富有耐嚼的韧性，吃进口里，又松又化、又绵又润，正是"百感交集"；那黑溜溜的醋呢，光可鉴人，滴油全无，让人看着舒心、喝着安心；醋的滋味，只一字可形容："棒！"大酸、大甜、微辣、微咸，直吃得人心情恍惚，仿佛在品尝一场惊心动魄的恋爱。

据我从旁观察，婆母煮猪脚醋最独特之处在于她处理姜块的方式。许多人把姜块洗干净之后，便直接放入黑醋里煮；婆母认为这种做法会导致姜块内浓浓的姜汁悉数流入黑醋中而影响了姜醋的好味道；所以呢，她总是不惮其烦地用一大匙麻油把一公斤的姜块以小火翻炒，炒了又炒、炒了再炒、翻来覆去地炒、"颠三倒四"地炒，一直炒到所有的姜块干透了，才将这些满溢麻油香味儿的姜块倒入黑醋里。这样一来，煮好的姜醋便只有姜块特有的香辣味儿而绝无姜块那种辛辣的涩味了。

除了食补之外，婆母认为另一大保健方式是药澡。

许多人认为坐月子期间不应洗澡、不该洗头，婆母可不信这一套。她带来了一大袋药材，以大锅熬煮，咕嘟咕嘟地冒出的烟气里，满满都是药材的香味儿。当那一大锅水渐渐地变得比墨还要黑时，她便熄火，再一勺一勺小心翼翼地舀进澡盆里。如此连煮多次，才能注满大大的澡盆。

她一面在厨房与澡房间来回奔走，一面向我解释：

"这秘方，是从海南岛带过来的，以这些药材熬水洗澡，可以祛风、祛寒、保身、健体！"

我在坐月子期间神清气爽，天天倚床读书，根本不懂得累字怎么写，我想，这应该归功于药澡吧！唯一的遗憾是：当时不曾向婆母探问药材的组合成分，迄今别人问起，脑子一片空白。

谨奉劝家有祖传秘方者，切切把握时机尽早学习。当亲人健在时，我们老是天真地以为某一种美好的生活方式会长长久久地、丝毫不变地持续下去，岂不知道当狰狞的死神把魔掌伸过来时，一切都会在顷刻间化为乌有。

在坐月子期间享受着婆母不辞劳苦而又无微不至的照顾，我觉得婆母着实以具体的行动为"爱"这个字作了最贴切的诠释，尤其是在婆媳纠纷层出不穷的现代社会里，婆母却将我视如己出，这是我终生铭感的。

这段时期，我看了大量的书。

说来也许荒谬，我读的，不是育婴指南之类的书，而是旅游书籍。

我已做了决定：孩子满月后便由婆母带回怡保照顾，我呢，将偕同日胜飞赴风光明媚的澳洲（即澳大利亚），作为期一个月的旅行。日胜当时拥有澳洲的永久居留证，他一直很希望带我去看看这个他婚前生活了整整七年的地方。

1977 年 7 月 29 日，方义满月。

表面上看来，满月的婴儿和初生时没啥两样，一天到晚，除了喝喝奶、撒撒尿、拉拉屎、哭哭又笑笑，啥也不懂。然而，实际上，由母体子宫降生到一个全然陌生的世界来，他已经历了一个"惊涛骇浪"般的适应期，因此，满月可说是人生的一个小驿站，确实值得大大地庆祝一番。

一大清早，婆母便用一把全新的小剪刀，将方义稀疏的头发干脆利落地剪了个精精光光，根据民间习俗，头发剪光了，象征着满月后另一阶段的新生；此外，一般人亦相信，将毛发理光，以后重新长出来的头发，才会更柔软、更茂密，也更有亮泽。

剪了头发而显得精神抖擞的方义，骨碌碌地转动着好奇的双眼，打量着周遭的世界。成人一个个意兴勃勃地为他而忙，忙着把一粒粒圆圆的鸡蛋染成艳艳的红色，忙着将热气蒸腾的糯米饭装入精致的器皿里，忙着在一盒盒精心挑选的蛋糕盒子上贴上一张张象征着吉祥喜气的红纸……

每一张脸，都荡漾着笑意；那种由衷的快乐，化成了具体的笑声，这里挂一串、那里悬一串，好似洞穴里的石钟乳，可触、可摸，无处不在。

满月过后，婆母抱着小方义乘搭飞机回返怡保；我呢，也收拾行装到澳洲去旅行了。

朋友们都觉得我不可理喻，她们瞪着我说：

"孩子才满月，你居然舍得放下他，跑去旅游！"

朋友的话，有一个很关键性的字眼，那就是：

"放下。"

是的，放下。

在长长的一生当中，我都在履行放下这个"看似容易、实则困难"的人生哲学。

唯有懂得放下，得意时才不会失态，失意时也才不会失常。

唯有懂得放下，才不会被成功的锦簇花团迷得失去了自我与方向，也不会被失败的荆棘伤得失去了自尊与目标。

前进，不断地前进，得也好、失也罢，到了该放下的时候，便放下。之后，再前进、前进；又再放下、放下。

现在，我便是暂时放下了初生的孩子，全心全意地投入到旅游的快乐中。有些父母，把稚龄孩子交给长辈照顾而外出旅行，可是，国门一出，便失了魂魄，每日几回拨电回家，查问孩子的一切，归心似箭，玩得一点也不畅快，有些还频频自责，后悔此行。

我呢，从来不服"后悔"这一帖药。

我知道，在婆母的怀抱里，孩子会一寸一寸、一尺一尺、健壮而快乐地成长；因此，在全无后顾之忧的情况下，我在澳洲玩得尽兴而又尽情。

隔了七年后，我于1984年幺女满月后重临澳洲，然而，那一次的出国，却沾满了痛苦已极的眼泪，我还几乎丧失了性命。

此是后话，暂时按下不说。

［第二章］

异域生活

灰黑陈旧的火车，像一长条丑陋已极的毛虫，在轨道上慢慢地蠕动着。窗外熟悉的景致静静地往后退、往后退，火车渐行渐远，轨道两旁绵延无尽的绿，安静地铺陈出一片贴心的温柔，恰似我此刻的心情。

乘搭火车回返怡保，主要是探望我亲爱的孩子方义。

他已经一岁半了。

最近这半年来，我的生活，起了天翻地覆的大变化。外子日胜远到沙特阿拉伯去承接一项为期三年的浩大工程，我孤身只影，从纽顿圈的公寓搬回娘家，重新过着"饭来张口、衣来伸手"的舒适生活。

这段时期，由于日夜奔波于采访线上，只能隔三差五地通过长途电话探问儿子的成长状况。每回拨电回去，婆母便絮絮地说着种种极其琐碎但又让她极端欢喜的事儿：

"阿义打了防疫针，居然没有发烧，身子好壮啊！"

"阿义已经会翻身了哦，有趣极了！"

"阿义咿咿哦哦地和我谈天了，话可真多哩！"

"阿义开始学走啦，他脚有力，走得很

稳哪！"

虽然隔了五百多公里，我依然可以从她声音中那浓浓的笑意里感受到她的得意与快乐。

我呢，在绵长的思念里，却又有着负疚的感觉。日胜远在大漠工作，我又忙着当"无冕皇帝"，无法好好照顾他，只能每隔三个月抽空乘搭火车到怡保去看他。

颠颠簸簸地坐了整整八个小时的火车，终于，到了。

大姑到火车站来接我，我心不在焉，有一句没一句地与她搭话，一颗心，早已化成了箭，飞向了孩子。

车子一驶入庭院，我便看到了我朝思暮想的孩子机灵地站在大门处。穿着吊带童装，满头短发不听使唤地卷来卷去，胖胖的食指衔在口里，墨黑的眼珠满满地注着顽皮的笑意，好像从漫画跳出来的一个顽童，正在算计着如何作弄人。

"阿义！"我亲亲热热地喊道，扬了扬手上大包小包的礼物。

他转身就跑，一边跑一边求救似的喊："婆婆，婆婆！"声音里，竟有着几许担心被拐带的惊慌。

嘿，真是热气呵冷脸了！

我是你娘呢！我快快地想，心里很不是滋味。

住下来之后，看到婆母对他的照顾，我才真正明白了"无微不至"这句成语真正的涵义。

为了使他脚力强健，婆母买了数公斤的江鱼仔，一尾尾去头断尾，清洗、晒干，再研磨成粉，放入铁皮桶里，留待熬粥时用。可别小看这项看似简单的工作，要为比牙签略大的江鱼仔去头断尾，可真是耐心的大考验。有时，做足整整一个早上，才完成一小堆而已。老实说，我可没有这等耐性呵！

熬汤煮粥，功夫也不少。她先以土鸡熬汤，熬好了，捞去汤面上的油，再以这汤来煮粥。粥煮好后，舀入一大匙江鱼仔粉，最后，再加入剔除了鱼刺的鲜鱼片。

花这么多心思去熬那么一小锅粥，小阿义居然不领情。仅仅吃了几口，便不肯再吃。耐性惊人的婆母，为了哄他，什么法宝都使尽。有时，开了水喉，让他玩水，他玩得高兴，便趁机喂上一口；有时，屋前屋后与他玩捉迷藏，捉到了，又喂一口；有时，趴在地上，做马让他骑，他骑得高兴，就施恩似的吃上几口。

我站在一旁看，感慨万千。换作是我，绝不。孩子，是不能如此迁就的。我会用的方法，只有一个，简单而又直接：饿他。不肯吃吗？没关系，就尝尝空气的滋味吧！饿一餐，也许不奏效，让他饿上两顿三顿，他肯定便会急巴巴地追在后面，讨吃。

两代人表达爱的方式是不同的。婆母那一代的爱，是全然感性的，纵使孙辈要求她摘月亮，明知不可能，她也会设法找把长梯，试着爬上去，试着为他摘。在孙辈面前，她全然没有了自己；有的，仅仅是自我牺牲的精神。

然而，我这一代，受过教育，便会自然而然地在感性的爱里加入理性的成分。

此刻，看到为了让孙儿填饱肚子而在地上"做牛做马"的婆母，虽然心里不苟同，可是，我一句话也没说——这是我对长辈的尊重。我既然把孩子交托给她，便让她以自己喜欢的方式来照顾他。更明确地说，在五百公里外享受着好似"单身贵族"生活的我，是没有置喙的资格的。

在怡保住上了一周，慢慢地，方义对原本陌生的我褪去了警戒之心。可是，等他生出了感情后，又往往是我们母子俩挥手道别的时候了。

无奈而又惆怅呵！

　　一家三口分居三地的生活，是难以忍受的。一颗心，硬生生地扯成了三部分，我像是一只吐丝的蚕，吐出的丝，密密地绕了一匝又一匝，每一丝每一缕都沾着思念的泪。有时，夜深，完成了采访工作，一脚深一脚浅地踩着自己的影子回返家门时，心头总难以遏制地掠过一抹凄凉。

　　正当我认真地考虑着是否要结束目前这种三地分居的生活时，日胜从沙特阿拉伯拨来的一通电话加速了我的决定。

　　电话里，他的声音，在期盼当中有掩抑不住的焦灼和疲累，他说：

　　"来吧，你带孩子来吧，一切都安顿好了。屋子在山脊，髹了纯净的白色。晚上回家，屋子里如果有你和孩子的笑声，感觉很不一样。红海很美丽，你们来了以后，我们可以每晚到红海畔去散步。"

　　他是真的寂寞了。一向以来，他都说："你喜欢几时来就几时来。"但是，现在，他明明白白地要求我去，企求我带孩子同去。

　　把这决定告诉婆母，尽管她对照顾了整整两年的孙子有着万般的不舍，可是，明理的她却也认为这是一个明智的决定。于是，在怡保为方义庆祝了两岁生日后，她便将他送回我手上来。

我向报馆申请了一年无薪假期，于 1979 年 7 月 9 日，带着两岁的小方义，飞向了沙特阿拉伯。

在新加坡的樟宜机场，一向乐观豁达的婆母，完完全全变了一个样子。脸上，有着很大很深很沉很重的悲伤，一种全然化解不了的悲伤。当我们母子进入闸门而我回首看她时，她整张脸好似在洗衣机里绞过一样，扭曲变形，一直死死忍着的眼泪，如江如河，汩汩地流过千道万道皱纹。啊，我坚强如山、坚韧如石的婆母呵，却有着一颗比婴孩更柔软的心！

在这一刻，我脸颊全湿。

经过了长达八个小时的飞行，终于，来到了大漠，住进了山脊的小白屋。

小白屋非常舒适，然而，我的心，却乱得好像杂草丛生的园圃。

让我心慌意乱而又手忙脚乱的，正是我那两岁的孩子。

我们母子，好像来自两个不同星球的人，语言不通，心曲难通。方义只会、只能讲琼州话，而我，半句不谙。他要什么，我听不懂，有时，他便以哭闹来表达自己的不满。我要什么，他不明白，有时，我便以责罚来抒发心中的不适。

母子关系，十分紧张。

使情况更为恶化的是：我由一个活跃的新闻工作者

骤然变成一名终日蛰居于家的主妇，亲朋戚友全在万里之外，连个谈天的对象也没有，心情难免悒闷。老实说吧，这个时期，纵使有一大块澄澄发亮的黄金落在脚边，我那张终日拉得长长的脸，恐怕也挤不出一丝半点笑容！

我和方义从零开始。我把他当成是一个牙牙学语的婴孩，以华语把单字一个一个慢慢地灌输给他。由于两岁前的他接触的是纯粹的琼州话，两岁后接触的是另一种截然不同的语言，学习的过程，缓慢而辛苦。他的华语，全沾着浓浓的琼州腔，我求好心切，一再纠正。

比如说吧，使用率最高的单字"我"，他却老说成"侬"（琼州话"我"的发音）。纠正之后，不消几分钟，又重犯错误，"侬侬"声叫，缺乏育儿经验的我，耐性被他一磨再磨，磨磨磨，磨呀磨的，快速地被磨尽了。对着稚龄的他，我竟然失却理性地咆哮："再说一声'侬'，今晚就别吃饭了！"他仰着小小的头颅，怯生生地看着我，说："侬要吃饭。"我生气地应："好，又说'侬'，你今晚什么都别吃了！"他执拗地说："侬要吃。"我说："要吃就吃空气。"他天真地问："空气是什么？"我瞪着他，又好气，又好笑，一时竟说不出话来。

当时，这种缺乏耐性的、错误已极的教学方式，使我们母子双方都吃尽了苦头。我要他改，他一时三刻改不了，我拼命纠正，他拼命犯错，次数多了，双方都来了脾气，大眼瞪小眼，弄得挺僵。后来，有一段很长的时期，他特爱顶嘴，专唱反调，我想，与这段成长经历是脱离不了关系的。

日后，在人生走了一段不短的道路，我才悟及：耐心和爱心，是最好的教育元素，缺一不可，否则，就算有了最好的教材，却也是事倍功半的。

旅居沙漠期间，喂食也是令我叫苦连天的"差事"。

当时，每天三餐，都是厨子煮好而送来小白屋的。早餐是煎蛋、面包、果酱、麦片和水果，天天一样，好像录音似的刻板，吃多几次，便味同嚼蜡。中餐和晚餐，各有两个荤菜、一个素菜。厨子是泰国人，调味偏辣、重油，不论煮海鲜或肉类，总有花团锦簇的一大堆调味品，完全不适合两岁的小孩食用。

我于是亲自给他熬粥。听说鸡肝有强身健体之效，我便嘱咐厨子每天代我从菜市买回新鲜的鸡肝。把粥熬到糜烂糜烂的，加入压成泥状的鸡肝，便成了他每天的主食。

在怡保看到婆母陪他边玩边吃，一碗粥有时得喂上一两个小时，我心里很不以为然。现在，我自行喂食，自然不愿"重蹈覆辙"。

我嘱他坐在桌边，不许乱跑；然后，一匙一匙地喂。我学婆母以江鱼仔熬汤，再以上好的米和汤同煮；熬好的粥，似绸般滑口；经过调味的鸡肝泥，异香扑鼻。他很喜欢，三下五除二，便吃得碗底朝天了。

我十分得意，觉得自己"破旧立新"，效果卓著，当真了不起。

可是，好景不长，这种情形，维持不了两天，便起了变化。

他再也坐不住了，鸡肝粥才一端上桌，他便溜下地。脚一着地，便满地乱跑。我不肯追，心想，他饿了自然会升白旗，乖乖上桌来吃。可我错了，他只顾玩，那粥，瞅也不瞅一眼。香香的粥，渐渐冷却，像冬天湖面。我重新加热了，喊他，他不应，再喊，他才冷淡地说："侬不要吃。"我无法可施，只好捧着粥，蹲到他身旁，准备喂他，没有想到，他一闻到粥的味道，便跳了起来，飞蹿入房，他跑得那么、那么的快，像一股瘦瘦的风。我追进房里，却不见踪影。正狐疑间，却听到床底传出了声音，好个狡猾的小家伙，居然躲进床底去！我蹲在床边，徒劳无功地喊："出来，出来！"他置若罔闻，睬也不睬。我眯着眼睛，望进床底那黑漆漆的狭隘空间，看到他蜷缩着瘦小的身子，好似一尊倒卧的小石像。我像泄了气的皮球，非常沮丧。平常不论做什么，总是信心满满的，觉得只要努力加毅力，事事无往不利，可现在，却连简简单单的一项喂食工作也做不好！

正束手无策间，突然想起了一直搁在柜子里那个小小的机器人。这个小玩具，是一位来访的英国友人送的。硬硬的身体是白色的，粗粗的双臂是黑色的。以电池操作，只要一按按钮，机器人便会昂首阔步地走起来，当它走动时，头部会闪出一道又一道刺目的红光，而肚子呢，则会发出一阵又一阵刺耳的噪音。记得当我第一次在他面前启动这个机器人时，他竟吓得张开了口哇哇大哭，我从此便将它束之高阁。

此刻，真是该死，我竟然想到了一个馊主意——我想利用这个机器人小小地吓他一下，将他从床底逼出来。万万没有想到：这个馊主意，竟在接下来的日子给我带来了那么一个"后遗症"！我真是后悔莫及！

此刻，从柜子里把机器人取了出来，按了按钮，机器人霎时红灯乱闪、怪声大作，雄赳赳、气昂昂地朝床底走去。不出所料，方义发出了一个恐怖的尖叫声，快速地从床底爬了出来，整张脸，好似长满了青苔，阴森森的。成功地达成了"任务"，我得意地对着因惧怕而抽噎不已的孩子说道：

"记住，以后，你一爬进床底，机器人便会去找你了！"

我犯了天底下所有父母极易犯的错误：为了解决迫在眉睫的一些小问题，我采取了摧残儿童信心的措施——以"恐吓"作为管束的手段，无中生有地胡说八道。

我的"惩罚"，很快便来了。

当天晚上，睡到半夜，突然被孩子凄厉已极的哭声惊醒，冲进他的房间，只见他双手抓着小小的枕头，双足乱踢，发狂地哭、喊、叫。我心痛难抑地将他搂进怀里，频频说道："别怕，别怕，妈妈在这儿！"他双手死死地抓着我的衣服，伏在我肩膀上放声大哭，哭声里满满都是无法掩抑的惊恐。想起了那个机器人，我在深深的懊悔中狠狠地自责。

原以为他只是偶尔发发梦魇，万万没有想到：连续好几个星期，他都在半夜里惊醒哭喊，那曳着长长尾音的哭声，在沙漠空旷的夜里，好似狼嗥，让人毛骨悚然。我充当他的摇篮，抱着他在屋子里走来走去。浓浓的月色泼在墙上，诡谲的黑影在墙上晃来晃去，像沙漠里的魑魅魍魉。夜夜如此，渐渐地，我自己变成了一只惊弓之鸟，每晚总心惊肉跳地等待他尖叫哭喊的声音传来，精神明显地萎靡。

带他去看医生，却验不出任何毛病，没有开药，夜半哭喊的情况依然持续着，我觉得茫然而又无助，心境苦若黄连，有一种撑不下去的疲累感、虚脱感。

日胜冷静地分析着说：

"依我看，方义这种惯性的哭喊，其实是心理的问题。心病还须心药医，软性的措施已不行了，我看我们得改用硬性的法子了。"

我忧心忡忡地问道："什么是硬性的法子？"

日胜应："以毒攻毒……"

看到我露出一脸的"妇人之仁"，他说：

"今晚，孩子哭叫时，就由我来应付吧！"

那天夜里，方义的哭叫声果然又好像闹钟一样响起了。日胜迅速翻身坐起来，快速步入他的房间，抱起哭喊不休的他，大声说道："没事没事，别哭别哭！"方义发现抱着他的不是妈妈而是爸爸，哭得比往常更凄厉了。日胜以比他哭声更为响亮的声音说道："听，你听着！现在，我要把你放到门外去。等你停止哭叫，我才开门让你进来！"方义一听，哭得更响、喊得更猛、叫得更烈，日胜于是拉开了大门，硬生生地把他推到门外去。这时，我忍不住从房里冲了出去，喊道："你疯了，外面有野狗呢！"日胜说："不碍事，篱笆门关得紧紧的，野狗绝对进不来，吓吓他而已！"孩子在门外，拼命擂门，"咚咚咚、咚咚咚"，擂门声连同他好似被刀子剁着的哭叫声，让我泪下如雨，啊啊啊，为什么母亲这角色竟是这样难以扮演啊！我再度冲到大门边，用手去拉门："让他进来，给他进来啊！"日胜以钢条般的手臂挡住了门，说："你别管这事，快去睡觉。"门外，野狗吠声响起了，原本扯着喉咙毫无顾忌地哭着的方义，突然以最大的克制力将哭声压抑了下来，只听到他抽抽搭搭地说道："爸爸，侬不哭了，侬要进来！"拉开大门，月色底下，他小小的手紧紧地抓着蓝色条纹的睡裤，矮矮的身子簌簌地抖着，凄惶的脸上，满满的都是泪痕。

我一把抱起了他，心痛难抑。许多许多年之后，想起了这一幕，我依然还是有泪盈满眶的感觉。

然而，说也奇怪，日胜这个"以毒攻毒"的方法，居然奏了奇效。

从第二天开始，半夜便再也听不到他的尖叫与哭喊了。一家三口，安安稳稳地睡到天亮。

第二天早上，厨子送来了早餐。方形的托盘上，又千篇一律地放着煎蛋、面包、果酱、麦片和水果。我的胃囊，立刻条件反射地胀了起来。在这电光石火的一刻，我突然想起了我天天为孩子准备的鸡肝粥。纵是山珍海味，餐餐吃，也会令人倒足胃口啊！我这"蹩脚厨师"玩不出花样，居然还归咎食客没有食欲，真是没有道理！

我一边狠狠地自我谴责，一边细心地为孩子准备午餐。这一回，我不再熬粥了，我做三明治。我把罐头里的金枪鱼弄碎，加入切细的芒果和熟蛋，与美味的蛋黄酱同搅，弄成了美味绝顶的馅料，夹在软软的面包里。

不用逼、不必喂，吃了一片之后，他主动要求："依还要。"

第二天，我把掺着葡萄干的麦片加入牛奶里，他也同样吃得津津有味。

第三天，我用鸡汤煮面条，他快快乐乐地吃完了一大碗。

如此每天变新花样调弄食物，喂食再也不是苦差了。

我上了很宝贵的一课：当孩子胃口不佳时，为人母者首先必须检讨自己的厨艺。也正因为这个可贵的启示，我日后很努力地钻研炊事，这使孩子一想起我的菜肴便垂涎三尺。

沙漠生活，渐入佳境。

在我整个生命当中，沙漠这一年的生活，可以说是最为安定也最为安静的。丈夫和孩子，都近在咫尺；亲人和朋友，都远在万里；关起门来一家亲，我们三口，有着前所未有的亲密，那种祸福与共的感觉，十分美好。

我常常借着各种各样的机会，通过实物教导方义学习语言；我发现：对于牙牙学语的稚龄小童来说，实物教导比文字或图片教导有效得多了。

比如说吧，上水果市场，他立刻便学到了许多水果的名称。我们旅居的吉达港虽然地处沙漠，可是，来自世界各地的水果却不虞匮乏，应有尽有。他非常喜欢吃樱桃，吃完一颗，伸手再讨："还要。"我说："还要什么？"他指了指樱桃，说："那个。"我说："樱桃，是吗？"他点头。吃完后而想再要时，他便会直接说道："樱桃，侬还要樱桃。"

带他去骑骆驼，他玩得非常尽兴，回家后念念不忘，第二天起身，便对我说："我要骑骆驼。"

语言，当它显示了实用的价值时，学习的人便有了强劲的学习动机和强大的学习动力，学习的速度也会大大地加快。方义的词汇库，便在我们这种就地取材的方式下，大大地扩充了。

每当一个新的词语从他口里吐出来时，他自得，我自豪。

　　沙漠景致，千变万化。风不来时，起起伏伏的沙丘，闪烁着细细碎碎的金光，就像是情人的眼波，温柔而又撩人。狂风一来，它便彻底变了一个样子，变得狰狞而又跋扈——沙，疯也似的乱飞乱窜乱舞，当风势愈加强劲时，便会演变成可怕的风暴。每当风暴来袭时，我便感觉到整所小白屋好似变成了一株根部腐烂的植物，随时会被连根拔起，那种坐立不安的恐惧，是心底很深的梦魇。

　　这一天，我在屋里看书，方义在玩他最心爱的小火车。这时，我听到了风起沙飞的声音。扑到窗口去看，啊，整个天、整个地，灰蒙蒙的，变成了混混沌沌的一大片。哟，沙暴又来袭了！我自言自语。沙，被风搅得全然失却理性，好似失去方向感的野兽般，盲目地朝小白屋飞扑过来，一团又一团，整所小白屋，都岌岌可危地摇晃着。正心魂不定地看着时，突然，一个重物堕地的声音伴随着撕心裂肺的哭声传了过来。我胆战心惊地回过头看，啊，小方义跌在地上，薄薄的嘴唇被尖利的桌角割裂了，触目惊心的鲜血正汩汩地流着。我惊得头皮发麻，手脚冰凉。日胜出差到其他城市开会，最近的诊疗所在一里以外的地方，而现在，风暴正在屋外肆虐，怎么办呢？此刻，我是我孩子头顶的一片天，我不保护他，谁能？我迅速地稳住了自己的情绪，飞快地抓了一条毛巾，将他包起、抱起。鲜血，很快地渗透了毛巾。我披上黑色的头罩，拉开了门。门一开，宛若潮水般的细沙便劈头盖脸地朝我泼了过来，那风啊那风，是这样的强这样的猛，使我担心稍一不慎便会被它汹汹地卷上天去。我挨着墙壁，半步半步、慢慢慢慢地拖着走，走着时，脚跟不敢离地，走了一里路，却有跋涉千里的感觉。在诊疗所里，医生将他的嘴唇缝合了，又配了消炎药。孩子哭累了，在我怀里沉沉地睡着了。等风势止了、沙浪退了，我才慢慢地走回去。

第二天，在同一段时间里，我们母子坐在屋子内玩填色游戏，我望向窗外，晴空万里，沙漠寂寂，宁静又安恬。一切都好像在梦中，即连阳光，也好像是假的，一切的恐惧、恐慌、不安、不快，都成了过去。

山重水复疑无路，柳暗花明又一村。

在我长长的人生道路上，这两句话，一再应验。

谧静恬和的生活过了将近一年之后，我的大漠生活又蒙上了一层难以消除的阴影，我又面对了一个异常困难的抉择。

小方义病了。

不是伤风咳嗽之类的小毛病，而是没完没了地纠缠着人的鼻窦炎；更恼人的是：他的哮喘病又不择时日地发作，一发作起来，整个肺部便好像坏了的风箱一样，嘶嘶作响，一张脸，又紫又青又绿，鼻孔张得老大老大的，好像随时都会倒地不起。

三天两头往医院跑，又打针又服药，可是，病况还

第二章　异域生活

是毫无起色。我成了一个浸在眼泪里的妈妈，束手无策又茫然无助。最惨的是：我当时并不知道，那个医生并没有对症下药，他的病，当然也就每况愈下了。

有一回，炖了鱼粥，费尽心思哄他吃下去，他吃饱后，我犹如捧着稀世珍宝一样将他送上床去，床单刚刚换过，散发着肥皂粉清新的香味儿。从书架抽出了一本书，是他最喜欢的《西游记》儿童绘画本，还没翻开，便听到了呕吐的声音，转头一看，天呀天，我千辛万苦让他吃下去的那一碗粥，全从他嘴里吐了出来，化成了床上一堆臭气熏天的秽物。

我像足了一个兵场败将，一面收拾残局，一面扑簌簌地掉着眼泪，由于日胜又出差了，我必须只身应战。怕他呼吸不畅而出事，一整夜不休不眠地守着他。

天亮后，疲惫不堪的我，抱着孱弱不堪的他，上医院去。

那名小儿科专家一检查，便脸色凝重地说：

"情况不太好，必须留院观察。"

在这一刻，我当机立断，带他回返新加坡，另觅良医。

事实证明，我的决定是正确的。

千山万水地飞了回来，小儿科专家通过 X 光检验后，发现他鼻腔两旁积满毒脓，必须紧急住院，立刻抽取。

手术过后，坐在病床上，天真烂漫的他，露出了许久未见的笑容，而我，就像久旱逢甘霖般，一脸笑意荡漾。

医生警告我：现在，他的病虽然痊愈了，可是，沙漠的风沙不利于哮喘病和鼻窦炎，一旦他回返沙漠，随时都有旧病复发的可能性。

我在内心静静琢磨着——如果我不回去大漠，就意味着日胜必须孤军作战，那种寂寞的滋味，是十分难熬的；可是，如果我回返大漠必须赔上孩子的健康，那么，我是没有选择的余地了。

于是，我和孩子，正式由大漠迁返新加坡，搬入了位于花拉路的娘家。

我的生活，进入了截然不同的另一个阶段。

[第三章]

甜蜜的轨道

转换工作

这一生，回答最多的一个问题是：

"为什么你决定离开报界而选择教书？"

旧雨问，新知亦问。

为什么？为什么啊？

老朋友们都知道，当"无冕皇帝"是我多年以来的梦想，更正确地说，是我自小立下的志愿，现在，自愿放弃，必然有着不得不放弃的理由。

新结交的朋友呢，理所当然地认为记者生涯多姿多彩，教书生活乏善可陈，现在，弃璀璨而取单调，自然有着不得不改变的原因。

实际上，这是我在内心经过了多番痛苦挣扎所作的决定——这是一个鱼与熊掌的选择啊！

从沙特阿拉伯回来新加坡不久，便重返报社上班了。做的，虽然是我过去最喜爱的采访工作，但是，感受却大不如前了。

让我心境起变化的，是孩子。

这段日子，由于日胜仍旧留在大漠工作，我暂时寄居娘家。在我上班的时候，孩子便交由母亲照顾。

过去，当孩子住在数百公里外的婆家时，我把工作当作"忘忧剂"，没日没夜地做，做累了倒头便睡；没有闲暇，当然也就没有"闲愁"。可现在不同，孩子就近在身边，但我却腾不出时间来陪他。常常，当我拖着疲惫的步伐回家时，他已入睡，凄清的月光像是一块巨大的玻璃，重重地压在他清癯的脸上，也沉沉地压在我的心上。

我觉得我的心好似上了一道无形的镣铐，我需要找一把钥匙来打开它。

是那一年的中秋节使我痛下决心的。

中秋节来临前的一周，我接到日胜从沙特阿拉伯拨来的电话，他意兴勃勃地告诉我，他将在中秋节抽空回来与我们母子小聚几天。呵，屈指一算，我们已经有好几个月不曾晤面了，这通电话，犹如在我心房里燃放了一筒五彩缤纷的烟花。

中秋节那一天，我出门上班时，母亲殷殷嘱咐：

"今天早点回来，吃过饭后，大家一起赏月。今年的小芋头特别好，我会多蒸几个；菱角又大又肥哪，我已经买了好几公斤；还有，你婆母送来的月饼也很可口……"

我唯唯诺诺，满心欢喜。

中秋赏月，一直是我们家一个很美丽的传统，周全的母亲会将各种各样的应节食品琳琅满目地摆满一桌，大家在畅饮月色的同时，咀嚼亲情。

这一天，新加坡"推广礼貌运动"拉开序幕，我以此为课题，分别访问了一家酒店的人事部经理和一所中学的校长。访问完毕后，风风火火地在烈阳底下赶回报社，希望能早点交稿，早点回家过中秋。

心中有期盼，下笔如有神助，原本就属快笔的我，不必怎么费神，便完成了这一篇长达两千余字的访问稿。重读、润饰、再读，觉得万无一失了，舒了一口气，看看手表，下午五点半。一切都在"掌握"之中，我的心，像慢慢膨胀的气球，涨满了快乐。

把东西整理好了，我起身交稿，没有想到采访主任居然对我说道：

"×× 刚刚拨电来，请紧急事假，今晚这项采访工作，就交由你去。"

啊，晴天霹雳。

我清清楚楚地听到自己的灵魂难以遏制地发出了一个尖叫声，潜意识里想转身就逃。

可是，不能。

我像是一尊重甸甸的石像，纹丝不动地看着采访主任的嘴巴一张一合地翕动着：

"有家跨国公司在香格里拉大酒店举行中秋晚宴，主宾是拉惹勒南部长，他会发表演讲，你必须早点去。"

说毕，把请柬交给了我。

拿着请柬走回座位时，有一层很薄很薄的泪花浮上了眼眶，但是，我很努力、很努力地把眼泪逼了回去。我不能让任何人看到或觉察到我这一刻心情的起伏跌宕，新闻记者就好像是冲锋陷阵的士兵一样，随时随地都得做好作战的准备，有哪一个士兵可以自由地选择作战时间的？想了千百种方法来安慰自己，可是，心里还是难以遏制地觉得委屈。中秋节，我期盼了多少个日子的佳节啊！

那夜，采访工作结束后，我沿着那条镶满月色的小径走向家门时，那种寂静，好似有着重量，每两都恍若重达千斤。家人都睡了，阳台上，只剩下一个人，对着满桌未撤的应节食品，伴着冷冰冰的月光，等我。

那是我睽违已久的丈夫。

一脸的胡子，满脸的落寞。

就在那一刻，我下了决定。

1981 年 6 月，我正式辞职，进入教育学院，接受为期一年的师资训练。

选择教书这一行业，考量的首要因素固然是稳定的工作时间，然而，另外一个非常、非常重要的因素是：我喜欢教书。

永远相信：唯有乐业，才能敬业。

有时，我会在幻想中自娱：倘若有一天在海边漫步时，有个瓶子被海浪冲上岸来，瓶子在被我擦了擦后，瓶口飘出了一个被禁锢了三百年的巨人，感激涕零地让我许个愿望，那我会许个什么愿望呢？我想，我的愿望就只有短短的两个字：

"快乐。"

是的，快乐。

人生苦短，一定得活得快乐。要活得快乐，便得顺着自己的性子去活，在享受工作的同时，活出自己的特色、活出自己的光彩。倘若找了一份工作却时时有为五斗米折腰的挫折感，那么，人生又有什么意义呢？再说，一个不快乐的女人，也将同时是个不快乐的妻子、不快乐的母亲呀！

怀着无限的憧憬，我在离校多年之后，重新进入了坐落于武吉知马区的学府中，重过学子生涯。

这是一个双喜临门的年头，因为日胜在沙特阿拉伯的工程结束了，一家三口得以重新团聚。

我们搬入了位于武吉知马区那幢准备与它一生厮守的半独立式洋楼里。

人生所有美好的事情，都向我围拢了。

佣妇

1981 年 7 月，教育学院正式开课。

卸下了工作的重担，重新当起学子，我觉得自己好像变成了飞在花圃里的一只蜜蜂，书本是嫣红姹紫的奇花异卉，我终日在花丛里飞绕，目迷五色，快活无边。

教育这块园圃对我而言，是新鲜而陌生的。我尝试搜集百花之精华而摸索酿蜜的秘方。我觉得教育最大的迷人处在于它没有一个适合于所有人的方案，我们永远只能因材施教，因此，究竟应该如何以不同的方法应变，就成了教师最大的挑战。

我愈学愈起劲，生活充满了活力与魅力。

这一年，方义四岁。

屋子大，家务繁琐，孩子小，我又在修读全日制的教育训练课程，几乎人人都劝我请个外籍女佣。

可我不。

我坚持不请，而且，坚持了长长的一辈子。

原因是：我非常注重个人的隐私，想到要与一个非亲非故的人在屋子里朝夕相对，祸福与共，我便觉得浑身不舒服。再说，坊间流传着许多令人毛骨悚然的故事，如果运气不好，可能会因女佣而惹上一身摆脱不了而又歼灭不掉的"蚂蚁"，无端端毁掉原本美好圆满的生活。再说，我也不放心将稚龄的孩子交托给背景不明的佣人看管，孩子不像物件，东西摔坏了可以修补、可以重买，然而，孩子如果因为佣人无意的疏忽或是刻意的虐待而"坏掉"了，我这一生便会活在痛苦的阴影中。

考虑再三，我决定将孩子送往托儿所。

寻寻觅觅，终于，选定了。这家托儿所，是由基督教青年会所办的，位于欧南路，历史悠久，设备齐全，提供全日的服务，包括膳食与学前教育，每月收费三百元。让孩子每天与同龄的伙伴相处，可以很好地培养他的合群精神；最重要的，托儿所能够确保孩子的安全，又不会随意"跳草裙舞"①，我全无后顾之忧。

每天早上七点，日胜将他送往托儿所，继而把我送去教育学院；傍晚下班后，再把他接回家。

至于家务呢，非常幸运地，通过了邻居的介绍，我找到了一位高度负责而又极为能干的女佣阿珠，配了一副大门的钥匙给她，让她每天自由出入，包揽洗熨衣物、打扫屋子等杂务。她总是早上六点多到来，把所有工作妥妥帖帖地做好便离开。

多年以来，她将屋子里每一寸地方都打扫洗刷得干干净净，把柜子里所有的东西都整理得秩序井然，我和家

① 以辞职为理由而要求老板改善待遇。

人每天的衣服都飘着芬芳的气息。

说来好笑，许多到访我家者，看不到佣妇的踪影，总以为我是个"千手观音"，在做东做西做南做北的当儿，还能抽空兼做家务，弄得窗明几净、纤尘不染，人人都哇哇惊叹而又啧啧称奇。

说说一个有趣的小插曲。

有一回，新加坡电视台为我录制一个有关我个人创作生涯的专辑，书房是拍摄重点。可是，摄影员一进入这个我每天消磨七八个小时的地方，立刻便愣住了，犹豫半晌，他忍不住开口提出了要求："你可以把这书房还原回原来的样子吗？这样拍起来比较有真实感。"我一听便忍俊不禁，原来他以为作家的书房应该是凌乱不堪的，而整洁如斯是因为刻意收拾的结果。实际上，这就是我书房不折不扣的原貌啊！

平心而论，我既是个极端勤劳的人，也同时是个极其懒惰的人——我可以日夜不分地设计教材与批改学生作业，我可以废寝忘食地阅读各种硬性与软性的书籍，我可以不休不眠地伏案写作，我也可以"屡败屡战"地试验食谱；但是，我不愿意花上一分钟去洗或熨一件衣服，更遑论洗地刷屋了。做家务，仅仅只是机械性地重复又重复同样的动作，对于智能的开发，全无裨益，我不甘心将宝贵的时间浪费在上面。人生苦短，对我而言，"一寸光阴"相当于"一尺黄金"，我不能误用、滥用，更不允许自己随意挥霍。

迄今为止，阿珠已在我家帮佣了长长的二十余年了，我们实际上已将她视如家中一份子了。

阿珠虽然没有受教育，但是，我却在她身上看到了许多闪亮的可贵素质。

她敬业，也乐业。

在我家工作多年，我从来不必告诉她，什么该做、什么要做、什么必须做。一切都自动自发，她主动地看、主动地做。在她工作范畴内的事，她固然做得妥妥当当，不在她职责内的事，她也凭着敏锐的观察力而"主动出击"。

一日，兴致勃勃地告诉我，她在后园为我栽种了一棵芒果树。我意兴阑珊地表示，过去曾经种过一棵不知"感恩图报"的芒果树，照顾了长长的七年，却连半颗果实也没结，白忙一场。万万没有想到，她竟应道："我种芒果树，为的不是要吃芒果啦！"我狐疑地看着她，她指了指我的书房，说道："白天，阳光很猛，书房好像蒸炉。芒果树枝粗叶茂，可以挡住阳光，带来树荫，给你清凉。这样一来，你就不必天天开冷气了。"

这话，可一点儿也没错哪，长成了的芒果树，好似屋外一个撑着大伞的巨人，将满天猖獗的阳光化为满地绿色的温柔。

后园也种了香蕉树，这树，多产、常产，在香蕉成熟的季节里，她拿着亮晃晃的菜刀，将香蕉一串一串地砍下来，代我充当"亲善大使"，送给左邻右舍。

最为难得的是：她做事总力求完美。有一回，兴冲冲地告诉我，她买了一副老花眼镜。我暗自嘀咕，她目不识丁，买老花眼镜干吗？她笑嘻嘻地说："戴了老花眼镜，再小的褶痕，也看得一清二楚，熨好的衣物，才会更加的服帖！"

知道我缝工蹩脚，举凡衣服脱钮、脱线，她总不惮其烦地代家中各人缝好。鞋子穿坏了，她也自动代我们送去修补。

每天把大大小小的杂务做完之后，她便静静地离开，留下一屋清洁与清静给我。

家中有她，如有一宝。

经历了一家三口分在不同地方生活的辛苦日子，现在，三条分岔的溪流终于齐齐奔向了大海，那种团聚一块的感觉，十分美好。

上了轨道的日子，糅了甜甜的蜜汁。

日出而作，日入而息。

早上，兵分三路，日胜上班，我上学，孩子去托儿所。

傍晚，用过晚膳后，一家三口便沿着住宅外面幽静的小径慢慢散步。小径两旁，种了许多不知名的树，紫红色的花，像发疯一样，密密匝匝地开得满树都是，风一吹，浓郁的香气便化成了一张网，兜头盖脸地罩了下来。沾了满身花香回家去，做梦也香甜。

就在这平静如水的日子当中，突然发生了一件耐人寻味的事儿。

那一天，日胜有位商场的朋友在家宴客，我们带了性子好动的方义同去，他一到那儿，便像只猴子般，蹿得没影没踪。我们碰到了好些老朋友，大家站在花园里高兴地攀谈。

不久，自由餐会开始，正想去寻找那只小猴子，他却不知从哪儿钻了出来。取了食物，一家三口找了位子坐下，才吃了不几口，坐在对面的一位女士便以关怀的口吻问道：

"你孩子的眉毛怎么啦？"眉毛？我漫不经心地转头看了看方义，才瞥一眼，便大大地吓了一跳，嘿，眉毛，他左眼上方的眉毛，居然整条不见了！好好的一道眉毛，怎么竟会不翼而飞呢？我目瞪口呆。他呢，扬着一条"硕果仅存"的眉毛，天真无邪地回望我。

"你，你的眉毛呢，去了哪里？"我结结巴巴地问。

"眉毛！"他若无其事地应道，"今天打球，被球打到，掉了下来！"

一桌子人哄然大笑，他也笑嘻嘻地望着众人。

刚才那位"发现新大陆"的女士又开口说道：

"有种皮肤病，是会导致脱毛的，他整条眉毛都已经掉光了，你最好带他去看看医生。"

我唯唯诺诺，觉得事有蹊跷。眉毛，昨天还好好的嘛，怎么说掉就掉呢？

当晚回家后，细细审问；果然，他吞吞吐吐地"招供"了：

"是凯明用剪刀剪的！"

"什么！"我生气地应道，"你干吗让他剪你的眉毛？"

"他说……他说……不让他剪，他就打我！"

真是无法无天了！今天剪眉毛，明天呢，明天又剪什么？

我越想越气，也越想越怕，当初送他到托儿所，图的不就是安全吗？没有想到竟然应了古龙先生的话："最

安全的地方，往往就是最不安全的！"

次日一早，将他送到托儿所，特地叮见负责人张女士，将事情的原委一五一十地说了，还恶狠狠地撂下重话：凯明这等恶行如不阻止，孩子处境堪虑！

张女士承诺彻查此事。

当天傍晚，便拨了电话给我，冷静地把"调查"的结果一五一十地向我报告了。

我一听，差一点昏厥在地。我真的是太马虎、太糊涂、太冲动、太鲁莽了！可怜天下慈母心，为了保护自己的孩子而差一点盲目地连累其他无辜的孩童！

负责老师将凯明关在房间里，反复质询，始终不得要领。后来，仔细检查方义，发现他的眉根非常干净，由此推断：他的眉毛不是被剪刀剪掉的。

张女士问我："您昨晚是不是曾经带他去您朋友的家？"

我很快地应道："是呀！"

她说："他已经向我们说清楚了，他在那儿玩电动剃须刀，为了测试它的性能，把自己的眉毛剃掉了！"

天啊！

这件事，让我动用了体罚，结结实实地让他挨了一顿打。我虽然不赞成体罚，但是，在孩子懵懂无知的年龄里，当讲述道理起不了大作用的时候，体罚依然还是立竿见影的一种教育方式；不过，最为重要的是：体罚之后，必须向他耐心解释他受罚的原因。

犯错，是不要紧的，最重要的是：犯了错之后，彻底了解自己的错误而永不再犯。

这件事，让我定下了教育孩子的第一道家规：不准撒谎。

许许多多负面的行为，都是由不诚实所带来的，这些行为，小则影响他人，大则贻害社会。

病从浅中医，教育，一定要从家庭做起。

尽管我把"诚实"当作是家训之首，然而，有一天，读美国作家 Alan Cohen（艾伦·科汉）在 *A Deep Breath of Life*（《生命深呼吸》）中的短文《牙痛》时，我却像被人敲了重重的一棒。

文中有一段醍醐灌顶的文字：

"小时，妈妈总是告诉我：坐在马桶上时，千万别冲水，因为'你的牙齿可能因此而发烧'。由于我对母亲的话深信不疑，所以，我坐在马桶上时，绝不冲水，我的牙齿当然也从未发烧。三十岁那年，有天早上，我破例坐在马桶上冲了水，母亲的告诫又浮现脑中，但我这次心中开始产生怀疑：'牙齿真的会发烧吗？'突然间我发现牙齿发烧是什么样子我都不知道！孩童时期，每个人都将父母视为高高在上的神，毫不犹豫地接受他们灌输的生活观、道德观，即使其中有些是错误的。以他们的眼光去看世界，小小的心灵仰赖他们决定什么会让我们快乐或痛苦。实际上，我们应学会倾听自己心里的声音，学会怀疑，扬弃过去错误的概念。"

Alan Cohen 说得一点儿也没错，身为父母的，时常犯下错误而不自觉。

比如说吧，为了让小孩多吃蔬菜，我便常常脸不红心不跳地大放厥词：

"白雪公主的七个小矮人为什么长不高？原因只有一个：他们不吃菜！"说着，把一大勺青菜舀到孩子的盘子里，加重语气地说，"记住，现在不吃菜，以后一定长不高！"

"证据确凿"，我的孩子于是有很长很长一段时间坚信人的高矮是和吃不吃蔬菜有关的，甚至，有时还会"以讹传讹"地以同样的理由劝他们的朋友吃菜。

老大老二患有哮喘病，为了阻止他们吃冰，我便睁着眼睛说瞎话：

"冰里有虫，是打不死的千年小妖精，冰块一融化，它们便会从冰里跑出来，咬你们的肺，一口一口地咬，把你们的肺咬得千疮百孔，这时，你们就会咳嗽、流鼻涕、气喘不止了！"

孩子被我唬得一愣一愣的，有个时期的确不敢随意开冰箱偷冰块来嚼。

还有，还有哪，为了帮助他们戒掉咬指甲的恶习，我危言耸听：

"指甲，是长在手上的刀片，万一不小心吞进肚子里，它便会割坏你的胃，使你从此再也不能吃东西了！"

孩子虽然深信不疑，可惜却没有因此而戒掉咬指甲的坏习惯，只是在"津津有味"地咬着十指时，格外小心，设法不让那些被咬得参差不齐的指甲落入口腔里。

最可笑、最荒谬的是：我还常常通过说谎的方式来教导孩子不要撒谎，比如，在给他们讲述了《木偶奇遇记》这则故事后，便煞有介事地说：

"记得呵，不要撒谎，你如果撒谎，一定会像那个小木偶一样，长出一个长长的鼻子！"

母亲们共同的撒手锏还包括：

"你再顽皮，我就叫警察来抓你！"

"哭哭哭，你再哭，我就把你卖给拾破烂的！"

瞧，人民公仆和劳动阶层，全都不明不白地沦为母亲恐吓孩子的"工具"！

想到这些事，老实说，我真觉得有点惭愧。

孩子喜欢撒谎，妈妈可能就是始作俑者哪！

长期说着"白色的谎言"，不知不觉地种下了必须自行吞食的"恶果"。

那一回，双耳在洗澡时不慎入了水，听觉受了影响，传到耳膜的声音模糊不清。晚膳时，餐桌上有道冬菇焖鸡，当时就读小一的方义随即夹起了一朵大大厚厚的冬菇，放进我碗里，说：

"妈妈，吃冬菇吧，吃了听觉自然就恢复了。"

正想训斥他"胡说八道"时，猛然省悟真正该骂的其实是我自己。

孩子小时讨厌冬菇，我于是编出了一个故事，说什么冬菇状似耳朵，以形补形，只要多吃，不但听觉敏锐，假以时日，还可以变成"顺风耳"哪！

嘿嘿，作茧自缚的我，看着碗里那朵对促进听觉半点儿好处也没有的冬菇，苦笑不已……

"解铃还须系铃人"，只是，我该如何收拾残局，"拨乱反正"呢？

真是"上得山多终遇虎"！

［第四章］

新的来客

没有选择的选择

妇产专科医生陈莉娜女士一面翻看我的记录，一面笑眯眯地说：

"上回为你接生，一晃便过了四年。你的老二，来得正是时候呢！"

老二？老二！

我呆呆地看着她，明明是天大的好消息，可是，脸上却泛不出任何愉悦的笑意，一颗心，化成一团乱线，这里那里乱乱打结。

这个孩子，来得完全不是时候。

我在教育学院的训练课程迄今才开始了四个多月，预计孩子于次年五月出世时，正是学院大考的时期；此外，我所居住的屋子，目前正进行大规模的装修，飞沙走石，空气污浊，极不适合孕妇居住。

几年前因为某种缘故不得不堕胎的惨痛经验还残留心底（此事已在《文字就是生命》一书中作了详细记载，这里不再赘述），因此，这一回，我的选择是：没有选择的选择。

走在车辆川流不息而游人摩肩接踵的乌节路，只觉得一片茫然的空洞，好似隔了一块很厚很厚的玻璃观看烟花的燃放，明明知道火花是璀璨的，却偏偏感受不到那种缤纷的魅力；明明知道火光是灼热的，却全然感觉不到任何暖心的热度。

这时，日胜的声音突然从身畔响起了：

"嗳，你不是一直想要一个像洋娃娃般的女儿吗？"

洋娃娃！我原本黯淡的眸子突然亮了起来。

一个女儿，饱满的脸颊像初熟的水蜜桃，红润的双唇像初绽的玫瑰花瓣，颊上两个酒涡，一旋一旋，不笑也带三分笑，圆亮慧黠的大眼睛谁看融化谁，扎了两条短短的小辫子，跑起来时辫子飞来飞去像两只快乐的小蝴蝶。

啊，一个女儿。

知妻莫若夫，日胜一句简简单单的话，便改变了我的心情。

欢喜的花蕾在心的园圃里慢慢慢慢地绽放、绽放。

怀着生一个女儿的美好期盼，我终于安然地接受了怀孕的这个事实。

非常奇怪的是：孕妇所有不适的症状，我全无。胃口极好，精神极佳。走起路来像飓风，使起力来像武松。保持着每天睡觉四五个小时的老习惯，一点儿也不觉得疲累。有时，甚至忘了自己是个如假包换的孕妇，看着自己隆起的腹部，恍惚间还会以为是吃得太饱了。

有些女子，平时非常注重仪容，然而，一旦怀孕，便起了一百八十度的转变，邋遢萎靡，万事无劲，像只慵懒的猫。

我不。

我疯狂地购买新衣服，我要穿得比平时更整洁、更漂亮。我一心认定：即使是大腹便便的孕妇，也能有属于孕妇的风采。我买的，不是那些款式一成不变、宽宽大大犹如面粉袋的孕妇装，反之，我到时装屋去，找那些专为身材高大者设计的洋装，款式千变万化，非常时髦、非常亮丽。我买，买买买，全然不管买来的衣服只能穿短短的九个月。表面上，我买的是衣裳，实际上，我买的是心情。将买回来的时装挂在衣橱里，每天以"皇帝选择嫔妃"的心态选穿自己心爱的衣裳上学去，无限惬意。

这个时期，我所接触的书籍全都与教育有关，教育概论、教育心理、教育原理、教育守则、教育发展史，等等等等，朋友们都戏称我在进行完整的胎教，而她们都戏谑地预言：腹中孩子在我日以继夜地以"教育"为养分美美地滋养着，他日必定能长成一个素养良好的人。

我就在这种自我感觉良好的情况下，过着顺遂心意的求学生涯。

这个时期最令我苦恼的是：家里进行大装修，没有一个舒适的居住环境。说是装修，其实是扩建——我们将楼上原本一无是用的大阳台拆掉，改建成宽敞的休闲间。此外，我们也将厨房的面积拓宽一倍。

装修工作如火如荼地进行，每天放学回家，耳边尽是敲敲打打、钻钻凿凿的声音；我跑上跑下，打点这、打点那；跑进跑出，收拾这、收拾那，没有一时半刻的闲暇。没有想到这样一来，无形中增加了我的运动量，使得日后临盆生产变得十分容易。

"胆大包天"的我，还不时攀上窄窄高高的梯子整理东西。有一回，刚好碰上朋友来访，看到我站在梯子上那摇摇欲坠、危如累卵的情况，忍不住惊呼出声："喂，你不要命了啊？"

老实说，事过境迁，回想当时的无知与大胆，也不由得为自己捏了一把冷汗。

终于，装修工程完成了。

我们为楼上新扩建的大厅添购了大型的电视机、录影机、电脑、冰箱，还买入了许许多多开发幼儿智力的玩具，一心一意将它布置成一个多功能的地方——它既是成人的工作间，也是孩子的游戏间，更是老幼咸宜的休闲间。此后多年，我与家人就在这个大厅里共同度过了许多难忘的美好时光。

至于厨房，在我的生命当中，更是扮演了举足轻重的角色，它既加强了我和家人的凝聚力，也为生活增添了无数的奇趣与情趣。

居住环境全面改善之后，我满心欢喜地等待新生命的降临。

在妊娠期间，大家见面时总爱问："是男的，还是女的？"

我总是老老实实地应："我不知道。"

众人惊诧地追问："咦，难道你没有做超声波扫描吗？"

我说："有。不过，我请医生千万不要告诉我婴儿的性别。"

不想预知，主要是不希望过早尝到失望的苦味。

有位朋友，连续生了两个男娃儿，思女成疾。第三次怀孕时，千祈万求上天赐个千金给她。后来，经过超声波扫描，证实又是个男娃儿，她怅恨地说：

"哎呀，我真想夹紧双腿不让他出世！"

这一胎，我全心全意盼个女娃儿，因此，衣橱啦，小床啦，婴儿推车啦，通通选购粉红色的，甚至，看到美丽的裙子，也会毫不犹豫地买下来。

我"愚蠢"地相信，不管什么事，只要拼命想，一直、一直地想，便能使美梦成真，所谓"精诚所至，金石为开"嘛！然而，生儿育女这一码事，又哪是人力所能左右的呢？腹中胎儿性别早已天定，可是，我却像只鸵鸟般，把头埋在沙堆里，不愿面对既成的事实。

考期渐渐逼近，班上同学都紧锣密鼓地准备大考，唯我，因离预产期不远，身子渐感不适，脚部的浮肿使我举步维艰，而双腿不时抽筋又使我睡不安寝，只好请了病假在家休息。

同窗黄花燕，与我同是大腹便便的孕妇，但预产期比我迟，在我旷课待产期间，每隔三两天，便坐了计程车，将讲师们所发的讲义送来给我，让我居家静读。这种雪中送炭的精神，这一生任何时候回想，都深感温暖，也至为感谢。

为了担心孩子延迟出世而耽误考试，陈莉娜医生把 5 月 7 日定为催生的日期。

就在"万事俱备，只欠东风"的当儿，发生了一件让我措手不及的事，使我阵脚大乱。

为了能够在产后专心读书应考，我很早便通过中间人的介绍，预请了一位陪月女佣。交了四百元订金，双方议定，孩子一出世，她便入居我家，帮我照料一切。

5 月 6 日，入院前夕，我拨电通知她，但是，连拨多次却无人接听，找到了介绍人，她竟吞吞吐吐地透露：陪月女佣已被关进了樟宜监狱！

原来这妇人多年以来一直以非法移民的身份潜居我国，当陪月女佣。由于经验丰富，厨艺出色，工作勤奋，态度良好，因此，口碑极佳。靠着口耳相传，她毫无间歇地接了一桩又一桩工作，辗转由一个家庭转往另一个家庭，长年过着类似城市游牧民族的生活。尽管居无定所，但却入息丰厚。多年以来，平安无事，然而，很不幸的，几天以前，遭人举报，锒铛入狱。

我颓然挂上电话，不知所措。

遇事不惊的日胜，立刻当机立断地说："请妈妈来帮忙吧！"

我们于是立刻拨电到怡保去，说明原委，婆母二话不说，立即应承：

"没问题，我明天一早搭火车来。"

我大大地松了一口气，心里涌起无限感激。对于我来说，婆母犹如阿拉丁神灯里的那个巨人，我有困难时，只要轻轻擦一擦神灯，巨人总是有求必应。

次日清晨七点，进入伊丽莎白医院，准备催生。

有位朋友，打了催生针后，痛苦得如堕地狱，在产床上挨上数十小时，婴儿才慢腾腾地出世。然而，我却非常幸运，催生针打了才短短三个多小时，孩子便迫不及待地降生了，一出世，便发出了惊天动地的洪亮哭声。

护士高兴地报喜：

"啊，是个男娃儿呢！"

男娃儿？嘿，又是男娃儿！

我失望得别过头，不愿多看他一眼。

陈医生对护士说：

"她想要个女儿呢！"

护士声音大大地嚷道：

"这么漂亮的男娃儿，您不要，卖给我好了！倾家荡产也要向您买！"

真有这么好？我转过头来看他。

方头大脸，肚圆体胖。哭声哇哇，中气十足。看着看着，眼神就不由得变温柔了，真的漂亮呢，这娃儿。

在模糊的泪光里，我露出了微笑。

这天，是 1982 年 5 月 7 日。

遵循家公的遗愿，我家老二，取名林方德，出世时体重八磅。

婆母到医院来，把这个肥大壮硕的婴儿抱在怀里，笑眯眯地对我说道：

"我早就知道是个男娃儿。你临盆前夕，我做梦，真是奇怪，梦里那婴孩，就跟这男娃儿长得一模一样。我还清清楚楚地记得，他双眼弯弯的，老像在笑……"

在伊丽莎白医院住了四天，便出院回家了。

这时，距离考期就只有短短的一周了。

"呜哇，呜哇，呜哇！"

那气势如虹的哭声，好像一把剪刀，把原本宁静的空气剪得支离破碎。

婆母正在厨房为我烹煮午餐，姜丝鸡酒汤化成一团一团浓郁的香味，夺魂似的飘送出来。

我的眼前摊放着一大堆资料，我正努力地咀嚼消化某些生硬的教育理论，然而，初生婴儿不知天高地厚的哭声却将我的思维彻底打乱了。

我叹了一口气，站起来，为他泡奶。这孩子，食量惊人，一瓶满满的牛奶，三下五除二，便喝得个精精光光。我看着他一面喝奶一面弯弯地笑着的眼睛，不由得想起了遗传学。

根据母亲的描述，当年的我，食量之大，匪夷所思。连续不断地喝了两大瓶奶，还猛哭不已，有时，要喝上满满的三瓶，才恬然入睡。成长之后，我对食物，有着敏锐的味觉与嗅觉，而美食也成了我生活极为重要的一部分。现在，看到小方德那嗜食的样子，我想，我性格里的某些遗传因子已经流进他体内了。

有时，他睡闷了，哇哇大哭，我便抱了他，放在膝上。我穿着布质柔软的沙笼（马来人的传统服装），他觉得很舒服，不一会儿便又甜甜地睡着了，呼出来的气息里，有浓浓的奶香；临时抱佛脚的我呢，发奋苦读，书页翻动时，有浓浓的墨香。

一周过后，我去应考，每一科都很顺利地过关了。

考试结束后，我才正式开始享受坐月子的各种"特权"，大吃、大喝、大睡；然而，在与孩子朝夕相对的那种亲昵里，我却又为一件事深深地困扰着。

那就是孩子的托管问题。

婆母喜欢照顾孩子，可是，我却不愿再经历母子两地遥遥分隔的痛苦；我所信任的托儿所呢，又不接受两岁以下的小孩；至于雇用背景不明的佣人照顾嘛，绝非我所愿。

正苦恼间，突然接到一位朋友的电话，开门见山地问我：

"你想不想找个可靠的保姆来为你照顾孩子？"

我坦白地说：

"我正为这事发愁呢！"

朋友兴冲冲地说道：

"有个人，很细心，又很有爱心和耐心，长期为人照顾孩子，很有经验，你愿意与她碰碰面吗？"

朋友介绍的这个人，夫家姓石，不熟的人唤她"石嫂"，相熟的人都叫她"奶妈"。两年前，朋友将刚出世的女儿交给她照顾，现在，已经两岁了，朋友打算送去托儿所。由于朋友与她关系很好，又知道她极富责任感，因此，有意将她介绍给我。

当天晚上，我便偕同日胜前去拜访她了。

她住在东陵区一所三房式的组屋里，屋里东西不少，可是，摆放得整整齐齐，打扫得纤尘不染，空气里飘荡着干净的芬芳气息。

四十来岁的石嫂，眸子出奇地大，乍看有点像猫头鹰，不过，脸上没有戾气，只有和气；眼中没有凶光，只有亮光。手和脚都很长，动作特快，看得出是个做事利索的人。

石先生瘦而结实，眼睛不大，大的是牙齿，刷得雪白，上面沾满了热诚的笑意。话不多，总是未语先笑，典型"好好先生"的样子。

两个儿子一个女儿，乖巧有礼，家教很好。

凭直觉，把方德交托给这样的家庭照顾，我是可以完完全全地放心的。

毫不犹豫地，我下了决定。

双方议定，满月之后，我把方德送来。每月收费四百元，奶粉、尿布、衣物全由我供应，等几个月后孩子开始吃粥时，再另计伙食费。每周照顾五天（包括日夜），我周末将孩子接回，星期天晚上送回去。

做好了一切安排，我心上一块大石也落地了。

然而，我这样的安排，是许多人难以理解而又难以接受的。

我雇有佣妇料理家务，将长子送往托儿所、次子又另外寄养在别人的家庭里，所费不菲；以这样的费用，在当年可以雇上三个外籍佣人，让孩子和我高枕无忧地舒服度日，可我却偏偏如此"九曲十三弯"地自寻麻烦。

子非鱼，焉知鱼之乐?

对于我来说，这样的安排，有百利而无一弊。一来，不必担心佣人"跳草裙舞"而致"四面楚歌"；二来，不必提心吊胆地怕孩子受到女佣的虐待；三来，我能够百分之百地保有自己生活的隐私权；四来，孩子在这种特定的生活方式下，可以养成极强的独立精神。

事实证明，我的看法和做法都是完全正确的。

方德满月后，依约送去石家。

1982 年 6 月，我被教育部派到华义中学执教。

我的生活，从此掀开了全新的一页。

记得清清楚楚，旅居沙特阿拉伯时，有一回，差点因为疏忽而酿成大祸。

那一年，方义两岁。

朋友抱了同是两岁的女儿婉婉来访，婉婉渴睡，我让她睡在方义的床上。知道朋友爱吃榴莲糕，我便切了，放在盘子上，两人坐在大厅里，边吃边聊。少顷，方义挨了过来，伸手去拿榴莲糕，我说："慢慢吃啊，别哽着了！"他漫应着，跑进了房间。少顷，房里居然传出了一个闷闷的哭叫声，我和朋友下意识地跳起身来，冲进房去，房内的一幕，令我不由自主地尖叫出声——具有"多动儿"特征的小方义，此刻，正拿着榴莲糕，拼命往床上婉婉的口中塞去，塞呀塞的，婉婉小小的头颅向左向右猛烈地转来转去，发出了"呜呜"的哭叫声。朋友一个箭步扑过去，一把拉开了方义，抱起了婉婉，婉婉因惊吓过度而放声大哭，朋友整张脸却因高度惊惧而转成了阴森森的绿色。啊啊啊，倘若、倘若这片榴莲糕被方义"成功"地塞进了婉婉的喉咙里，后果着实不堪设想！

家庭意外，真是防不胜防啊！

这个事件，像盘踞在记忆里的一只大壁

虎，它不噬人，但每回忆及，总让我不由自主地打着寒颤。正因为这件灰暗的往事，使我日后在处理孩子的关系时，作出了一些错误的决定。

方德出世时，方义五岁。

我不许方义随意触摸褓褓期间的弟弟，甚至，吻他、抱他也不可以。我一心只求保护那像水晶器皿般脆弱、像玫瑰花瓣般娇柔的小婴儿，然而，我完全没有想到，这种不近情理的做法，就好像用一块厚厚的玻璃将兄弟俩隔了开来，全然扼杀了方义当哥哥的喜悦与自豪，也完全剥夺了方德享受哥哥宠爱的机会！

每个周末，当我从保姆处把小方德带回家来时，方义总用一种极为疏离的眼光看他，就好像他是个外星人似的。

有一回，小方德在保姆处不慎被热水烫伤了大腿，我一接到电话，便疯也似的冲向大门，边跑边喊：

"方义，弟弟烫伤了，快！快点，上车，去医院！"

然而，他却纹丝不动地黏在沙发上，津津有味地观看影片《超人》。

我生气地喊："喂，关上电视，听到没有？"

他大声应道："我要看电视，不要去医院！"

这个没心没肺的孩子，居然把电视看得比探望烫伤的弟弟更重要！我生气地把电视关掉。

他"哇"的一声哭了出来，一边哭一边说：

"弟弟不是超人，他又不会飞，为什么我要去看他？"

心急如焚加上怒气冲天，我扬起手来，掴了他一记耳光，他双目噙泪，心不甘情不愿地上车去了。

当天晚上，我给他讲述了曹丕和曹植兄弟俩的故事：

曹丕和曹植都是曹操的儿子，曹操死后，传位给曹丕。曹丕一向忌妒曹植出众的才华，一直想将他除掉。有一回，终于找到了借口，把他抓起来，想处他以死罪。后来，太后知道了，忙替曹植求情。曹丕于是要曹植在走完七步的时间内写出一首诗，如果他做得到，可免一死。曹植略略思索了一下，就潇洒地迈开步子，走一步，念一句，一首脍炙人口的《七步诗》，就在电光石火之间完成了：

"煮豆燃豆萁，豆在釜中泣。本是同根生，相煎何太急！"

曹丕听了，觉得自己对弟弟着实逼得太狠，心生惭愧，也就免去了曹植的死罪。

我把故事说完后，还详尽地解释了《七步诗》的涵义，然而，对着七岁小童讲述这样的故事，不啻对牛弹琴，一点效果也没有！

他听完了故事后，居然对我说：

"妈妈，我要吃那种豆。"

那一刻，我觉得自己挺失败的。

又一回，爱他如珠如宝的婆婆，在与我闲谈时，透露了他在怡保老家度假时的顽皮行径：

"那天下午，方德不见了，我跑来跑去找了老半天，硬是找不到，真是急坏了。后来，才发现他被方义关进屋后废弃的狗屋里！"

"狗屋！"我皱着眉头，生气地叫了起来，"您是说，关在狗屋？"

"是啊，狗屋。"婆母笑着摇头，"方义和他玩游戏，关他在狗屋，自己却跑去客厅里看电视。方德老实，乖乖地蹲在龌龊的狗屋里，又不敢哭，憋得整张脸红得像番茄哪！"

"那您怎么惩罚方义呢？"我追问。

"天底下的孩子，有哪一个是不顽皮的！"婆母一脸溺爱的样子，"顽皮的小孩才聪明呢，再说，他只是健忘而已，又不是故意的，干吗要罚他！"

后来，又发生了一件事，我才意识到事态严重。

那一回，兄弟俩因事吵架，双双跑到我面前来告状。为示公平，我不听"诉讼"，只求和解。

我要他们面对面地站好。这两个男孩，七岁的高而瘦，两岁的矮而肥。高的那个，俯首看弟弟；矮的那个，仰头看哥哥。我要他们握手，对彼此大声说道："我爱你。"之后，我还要求他们彼此拥抱。

让我至感意外的是，双方拥抱过后，小方德居然莫名其妙地放声大哭，那哭声，好像利器刮在玻璃上，尖锐得十分刺耳。

我很生气。

整个事件原本可以在一个亲热的拥抱后画上一个圆满的句号，可他这一哭，就像是在一大锅热腾腾香喷喷的白粥里搀入了一粒黑黑臭臭的老鼠屎，前功尽弃。

我指着阳台的一个角落，说：

"你！去那边，站十分钟！"

罚站是我常用的惩罚方式之一——对于平时连一分钟也坐不住的男孩来说，这种惩罚，是挺可怕的！

他孤孤独独地站在角落头，没有偃旗息鼓的意思，依然抽抽搭搭地哭，哭呀哭的，我更生气了，又加重了惩罚，说：

"二十分钟，站二十分钟！"

当天傍晚，帮小方德洗澡，我才震惊万分地发现了真相。他的肩膀，有着两排牙齿印痕，像被子弹扫过的墙壁，弹孔累累。

他说："哥哥咬的。"

原来他哥哥借着拥抱他的机会使出了狠劲咬他的肩膀。

我的眼泪，立刻涌了上来。

我了解，如果我这时大发雷霆地把方义抓来惩罚，只会加重两兄弟的嫌隙而使感情更加恶化。

最佳方策是不着痕迹地"化干戈为玉帛"。

我温婉地对方德说道：

"哥哥不是故意的，你别怪他，好吗？"

性子老实的他，乖巧地点了点头。

我想起了刚才买的那一包糕点，又"别有用心"地说道：

"哥哥在柜子里留了两个椰子糕给你，我现在取来给你吃，好吗？"

他又点头，肥肥的脸笑成了一朵盛开的花。

过后，找来方义，轻描淡写地对他说：

"你刚才亲弟弟时，太出力了，他的肩膀，都是牙齿印呢！"

他没有出声，好半晌，才说：

"妈妈，对不起。"

此后，有一段颇长的日子，为了促进兄弟俩的感情，我"处心积虑"地把许许多多"白色的谎言"不着痕迹地嵌入日常生活里，使兄弟俩因对彼此心生感激而越走越近，而这，也的确产生了立竿见影的良好效果！

实际上，有许多时候，兄弟阋墙、姐妹失和，父母往往是罪魁祸首，而祸根呢，就是偏心。长期的偏心，造成了手足间心理的不平衡——受宠的一方趾高气扬，失宠的一方心怀鬼胎，久而久之，兄弟姐妹便越来越疏离了。可叹的是：许多父母对此全无警觉性，等有一天觉察时，早已"病入膏肓"了！

对于天下为人父母者来说，"活到老，学到老"的确是万古长青的格言。

我从日常生活里不断发生的琐碎小事里汲取经验，与时并进地改变自己的教育方式。

孩子们如果发生了争执而来投诉，父母应该以"三心"来加以处理：用心聆听、耐心调解、爱心包容。最忌讳的是不分青红皂白地包庇其中一方，或者，不让他们有任何诉说与分辩的机会便叫他们握手言和，因为呀，许多该说而无法说出的话，憋在肚子里，会发霉溃烂，从而转变成另一种"毒素"，促使他们以另一种破坏性的方式来进行发泄。

许多时候，父母也应该学会"装聋作哑"。孩子有自己的世界，也有自行解决纠纷的方式。父母不应该动不动就以"包青天"的高姿态出现，强行干涉的结果有时会弄巧成拙，而错审案子所带来的负面结果更会造成难以弥补的裂痕。

根据传统的观念，不管发生什么争执，也不论谁对谁错，大的让小的是天经地义的，就算小的无理取闹，大的也应该"打落门牙和血吞"，原因仅仅只因为大的比小的多吃了几年白米饭。

实际上，这种教育观念是大错特错的。

当双方发生争执时，父母应该秉公处理而不应该盲目地以年龄作为"审案"的标准，否则，长此以往，就等于是在大的心田里埋下一枚地雷，终有一天会出其不意地爆炸。与此同时，父母应该常常给孩子灌输长幼有序的概念，大的应当爱护小的，小的应该尊敬大的。

有了这些新的认知，我的生活，反而轻松了，而时时紧绷着的神经，也大大地松懈了。

"哇——哇——哇——"

隔壁房传来了方德扯着喉咙发出的哭声，我向内窥望，知道兄弟俩正在争夺一辆玩具警察车。按照我过去的做法，一定会斥责大的，再硬生生地把玩具警车抢过来，归给小的。然而，现在，我不。我按兵不动，静观待变。果然，方德哇哇地哭了一阵子后，见没人理睬，十分无趣，自动收声，从地上抓起一辆玩具货车，模仿车子跑动的声音，"呜呜"地叫着，叫得极欢。这时，方义喊道："喂，来，比赛！"说着，使劲一推，警车呼的一声跑得飞快，方德脸上泪痕犹在，嘴巴却已笑开了，只见他笨手笨脚地将货车向前推动，货车慢吞吞地"走"着；好像一场"龟兔赛跑"！

一场"纷争"，就如此消弭于无形。

站在门外的我，忍不住露出了微笑……

如今，兄弟俩已长大成人，手足情深，两人永远有讨论不完的严肃课题、分享不尽的轻松笑话、说个不歇的生活琐事；他俩还一起打球、一块儿逛街、一同看电影，俨然好似孪生兄弟。

［第五章］

美梦成真

许一个愿望

生命，不是"一加一等于二"般的刻板，更不是"快乐与快乐相加就等于快乐"的理所当然。

在 1984 年，我便同时尝到了美梦成真与痛不欲生这两种判若云泥的滋味。

最为诡异的是：这两种天差地别的感受，竟然是由同一桩事件诱发的，因为这一桩事，我先而飞上了快乐的巅峰，继而堕入了痛苦的深渊，还差点丢失了宝贵的性命哪！

这可以说是我一生中最大的危机，如果当时过不了关，我的一切，便画上了句号。

一切的一切，还得从 1983 年说起。

那时，为了遏制人口的急速膨胀，政府限制生育，"两个恰恰好"的口号喊得震天价响，如果有人要生第三胎，便得面对各种惩罚措施了，诸如：母亲不得享有分娩假期、孩子他日入学时没有报名的优先权等等。

我教书兼写作，日以继夜地忙，理应当个跟着政策走的"良民"，生两个孩子便够了。可是，我实在太喜欢女孩了，总觉得这一生如果没有女儿，便好似珍珠缺了一个角般不圆满，因此，我执意多生一个。

知道我心意的朋友调侃地问：

"如果生下来的又是男孩呢？"

我若无其事地答：

"再接再厉啦！"

这话，当然是开玩笑的成分居多，但是，在高高兴兴地开着玩笑时，我绝对没有意料到：生下第三个孩子后，我根本不可能有第四个孩子——不是生理上没可能，而是心理上绝对不可能。多年以来，我刻意把这段"黑色的往事"彻底埋葬，因为那种恐怖的经历每每一忆及，便汗毛直竖，遍体阴寒。坦白说吧，这件事，如果不是为了撰写这一部书而让生命的真相还原，我是绝对不会再提一言半语的！

1983年，在年尾的长假里，我和日胜策划了一项充满了刺激性的旅行，我们打算到南美洲的巴西、阿根廷、乌拉圭、秘鲁去作为期七个星期的自助式旅行。旅程的高潮是到广袤幽深的亚马孙丛林去与土著同住，探索地球子民的另一种生活方式。

关心我的亲朋戚友都齐声责备我：

"亚马孙丛林？你疯了，居然要到那种地方去！你难道不知道丛林里还住着吃人族吗？"

我当然知道，可是，世上又有哪个地方是百分之百安全的呢？根据报上记载：有个人，哪儿都不去，结果，有一天，窝在家里时，被天花板掉下来的风扇压个正着，死于非命！

朋友接着提出了另外一个问题：

"你们外出旅行长达七个星期，孩子谁看？"

答案是：婆母。

婆母的恩情，是我一生一世也偿还不了的。

是她，具体而切实地帮助我圆了把足迹印在世界各地的美梦。每一年三度或四度出国，孩子都交由她带返怡保照顾。

当时，由新加坡乘搭长途火车回返怡保，漫长的八个小时，原本是沉闷难熬的，可是，聪明的婆母，却以一盒盒精心烹制的美食让孩子对无趣的旅程产生了美丽的期盼。

她往往会在我们出发旅行的前一天，风尘仆仆地赶到新加坡来，烹煮孩子喜欢的食物。在厨房忙上老半天后，把栗子焖鸡、酱烤排骨、香煎羊扒、虾仁炒饭等等佳肴，分别装进一只只塑胶盒子里。

婆母告诉我，几乎是一上火车，孩子的眸子便紧紧地黏在那些塑胶盒子上。盒子一掀开，异香扑鼻，当他们狼吞虎咽地开怀大吃时，勾魂的香味吸引了周遭的乘客，大家都好奇地探询美食购自何处，这时，孩子便满脸自豪地说："在婆婆餐馆买的！"慷慨成性的婆母，总大度地让大家分享。这些原本用以祭五脏庙的丰盛美食，因此成了"亲善大使"，让老少两代"各得其所"地结交了一些"火车朋友"，旅程当然也就不愁寂寞啦！

怡保那幢独立式洋楼，占地极广，屋前屋后，栽种了许多果树，孩子们一到怡保，便成了脱缰猴子，大闹"花果山"，爬树、追逐、堆泥沙、踢足球，玩得天翻地覆，不知今夕是何夕。

正因为这样，每年假期一来，大家都各有所盼——我和日胜期盼远出旅行，孩子盼望回返祖宅。婆母呢，对于假期也是心驰神往的，因为她可以和她心爱的孙儿朝夕相对了啊！

话说1983年的年终假期，按照一贯的安排，婆母将六岁的方义和一岁的方德领去怡保照顾，我和日胜则飞往南美洲旅行。

在我而言，每一次旅行，都是一次再教育的机会。

在亚马孙丛林，我平生第一次接触到原始土著的生活。

我们就住在亚马孙河旁边的小茅屋里，无水、无电，生活恢复到了无欲无求的原始状况。白天，土著朱略西撒带着长枪和长刀，领着我们在深不可测的丛林里寻幽探秘。

尽管外面的世界已经起了惊天动地的大变化，可是，土著的生活，还是落后得令人咋舌，耕种、捕鱼、打猎是他们获取食物的三大来源。他们的婚姻，还停留于一夫多妻制。多房妻室毫无节制地生育，一个又一个的孩子生下来后，便让他们遵循一成不变的生活模式，一代接一代地生活下去，百年以前是如此，百年以后，也是如此。教育，对于他们来说，纯然是一个陌生的名词。

接下来的数年，我在世界各地旅行，看过不计其数的土著，发现他们都面对着同一问题：粗生粗养，养而不教，因此，生活的素质一直难以改善。

摩洛哥一名柏柏尔土著哈山说得好：

"柏柏尔人做面包的方法是祖传的，十分简易，他们把面团发好后，随意烘烤，做出来的面包，硬如石头而又处处龟裂；这些面包，当然可以果腹，可是，如果选择上好的小麦，讲究酵母和面团的比例，妥善地控制火候，却可以做出金黄酥软的面包。大部分柏柏尔人甘于食用粗糙坚硬的面包，只因为他们没有机会领略另一种面包的美妙。"

这是一番掷地有声的话，也是令人拍案叫绝的"教育理论"。

养而不教的孩子，和野草并无两样。然而，许多在大都市过着现代化生活的家长，却又将教育的涵义错误地框限在学校教育上。他们放纵孩子、溺爱孩子，把孩子惯得不成样子，却又寄望学校能够给他们教出一个个知书识礼、循规蹈矩的好孩子。这种情况，就好像家长以原始的方法去烘焙面团，却又奢望能够烘出酥软绝顶的上好面包一样，是不切实际的！

在亚马孙丛林里，看到满身污秽、满地乱跑的土著孩童，我暗暗告诫自己，养而不教，不如不生！

由秘鲁，我们继程飞往巴西。

巴西的大城萨尔瓦多（Salvador），留下了我一份无比珍贵、无比奇特的记忆。

风光绮丽的萨尔瓦多，是葡萄牙人建于十六世纪的城市。城内的邦芬教堂，赫赫有名。据说许多夫妇，来此祈求生儿育女，全都如愿以偿。

表面上，我们夫妻俩没有宗教的信仰；实际上，我俩敬仰天上一切神明。

来到邦芬教堂，我和日胜遵循当地习俗，虔诚地将愿望写在丝带上，系在高与人齐的十字架上。

那一天，在心犀相通的情况下，我们许下了一模一样的愿望。

我们都希望有个女儿。

旅行归来不久，我便梦熊有兆。

这是美梦加噩梦的开始……

怀第一胎时，我是个"无冕皇帝"，拿产假的前一天，我还顶着一个千斤重的大肚皮，四处采访，那种难以言说的辛苦，现在回想，记忆还是清晰得像是棋盘上黑白分明的棋子。如果说当时的我是一叶小舟，生活便像一片海洋，我根本无法预测无定的风向何时会掀起令我心悸的惊涛骇浪，所以，心情老是处于高度不安定的状态中。

怀第二胎时，我在教育学院接受为期一年的训练，养胎期间，屋子正好进行扩建与装修，飞沙走石；而后来产期又刚好碰上学院的考期，抱着孩子，一面喂奶一面读书的苦况，隔了多年回想，依然清晰一如划过夜空的流星。这个时期，生活是湖泊，看似恬静平和，底下却潜藏着汹涌暗流。

现在，怀第三胎，生命之舟，驶进了一个安全而又安定的港湾。我快乐地教书，快乐地笔耕。鱼与熊掌，兼而得之。感觉上，处处是绽放的鲜花，处处有袭人的花香。

在学校教书，时常有机会接触到形形色色的家长，我发现一个有趣的现象：每个学生，不折不扣都是家长的雏形。家长的修养、教养、人生观、价值观，常常无所遁形地在孩子身上显现出来；而大量地接触家长，也使我有机会对家庭教育进行深层的思考。

说说几个难忘的例子。

有个男学生，把"他妈的"这三个字当成口头禅，将大好的学习环境弄得乌烟瘴气。好言相劝，他点头答应自我克制，可是，不到一会儿，"他妈的"三个字又故态复萌地从他口里蹦出来了。我一劝再劝，他却依然故我。我见软功奏不了效，转而严词警告。他唯唯诺诺，认真地答应改过，可是，让我气煞而又气馁的是：他的所谓改过，总是三分钟热度，"他妈的"这三个字，依然如影随形。我束手无策，决定与他的家长"并肩作战"，共商对策。他的父亲依约到来，满脸横肉，一脸煞气。我当着孩子，将问题摆明，万万想不到，话才一说完，他便霍地站了起来，在我面前，扬起"铁砂掌"，狠狠地朝他儿子揎了过去，边打边骂："他妈的，你这孩子怎么老是不听话，总爱骂粗话，他妈的你到底知不知道羞耻？"左一句"他妈的"右一句"他妈的"，接着下来，还有一串不堪入耳的粗话，很显然地，这人，已"病入膏肓"了，我竟然还天真地想和他成立"联合阵线"，联手管教他孩子！殊不知他这儿才是"粗话大本营"，他儿子和他相比较，只不过是"小巫见大巫"罢了！

另外一名男学生，两颗眼珠高高地长在头顶上，态度嚣张傲慢。一回，在班上无礼顶撞级任老师，校方召见家长。三邀四请，才勉强到校，一见面，便采取高度不合作的态度，两只大大圆圆的鼻孔，好似两尊大炮，随时随地能够射出置人于死地的炮弹。训育老师一问他三不知，老师问急了，语气便不大好，他双手在桌上猛然一拍，气势汹汹地说："你到底知道我是谁吗？"老师还没反应过来，他便以手指着自己的鼻子，说："你去打听打听老子是谁！"训育老师威武不能屈，临危不乱地说："我当然知道你是谁，你是普陀三米的父亲，正因为你是他父亲，我们今天才请你到学校来！"他气炸了，以傲气和怒气交织着的语调"透露"了自己的身份："告诉你，我是×××的保镖！×××，你知道不知道！"一名社会贤达的保镖，却以为自己拥有了整个世界，难怪他的儿子站在小小的土坡上，会误以为自己爬上了喜马拉雅山的顶峰！

还有，还有哪！一名男生，相信"拳头底下可以出天下"，屡屡欺负弱小的同学，由于学生们都怕他而不敢举报，他因此得以"逍遥法外"。有一回，对一位学生动粗，刚好被老师看到，将他揪到训育组去。我是级任老师，免不了要通知家长。来了一个高头大马的妇人，我将她儿子的过错一一列举，她脸色像终年不见阳光的树林，绿幽幽、阴沉沉。我担心她会"以暴制暴"，所以，赶紧嘱咐她："这个年龄的孩子，自尊特强，你可别对他动用体罚，你如动手打他，他可能会生恨的！"妇人开口了，说的竟是一番令我瞠目结舌的话："打他？我哪里敢打他！他不打我，我已谢天谢地了！"说着，掀起了上衣，说："你看。"我看，发现她身上有着一片一片的淤青，惊问："怎么啦？"她应道："不就是他打的啰！"我倒抽了一口冷气，说："他打你，他父亲难道袖手不管吗？"她说："他自己的事都忙不过来，怎么可能管他！"我又问："他做什么工呢？"她迟疑了一下，才说："放高利贷的啦！"

负面例子显示的，全都是"身教"的具体恶果，身为家长的，能不引以为鉴吗？

我默默观察，把每一个负面例子当成反面教材，自我警戒。

我安心养胎，觉得前所未有的满足。

我从杂志上剪下了许多女婴的照片，贴满一屋。举头见女婴，低头还是见女婴。我一心一意，只想生女婴；我一心认定，我必会生女婴；我一意孤行，只买女婴的衣裳；我一心一意，只等女儿瓜熟蒂落。

有个奇怪的现象是：我的某些饮食习惯，在妊娠期间，起了一百八十度的转变。

在过去，我讨厌苹果，青的、红的、半青半红的，酸的、甜的、又酸又甜的，通通都不爱。记得有一回，经过水果市场时，看到成箩盈筐的苹果，我的脑子居然突兀而又滑稽地响起了《江山美人》那套电影中脍炙人口的黄梅调，"一见你就讨厌，再见你就生气……"，想到下面那两句歌词"你要带她走，我就跟你把命拼"，我就忍不住笑出声来，因为凭我对苹果的厌恶程度，如果把歌词改成"你要逼我吃，我就跟你把命拼"却也是合适的！由此可见，人和水果之间，也是得讲求缘分的，我和苹果，也许是前世的宿仇呢！

然而，世事无绝对，怀了这一胎后，我居然一反常态，转恨为爱，举凡苹果，不论是青的、红的、半青半红的，酸的、甜的、又酸又甜的，我无一不爱。一天到晚把苹果拿在手上，咬、啃、吃，整所屋子早晚都响着"咔嚓嚓"的声音，嗜食的程度，十分惊人。这种情况，是前所未有的，也是匪夷所思的，然而，正因为这种"异象"，有经验的人都认为我会生个和前面两胎性别截然不同的婴儿。

对我而言，不管民间有什么看法、说法，我都不会委屈我的胃囊——爱吃的东西，我大吃特吃，不爱吃的，用枪逼也没用。在怀孕那九个月当中，一闻到苹果的香气，我便精神大振，日啃夜食，依然百吃不厌。让人百思不得其解的是：孩子出世之后，苹果又再度成了我"一见就讨厌，再见就生气"的"宿仇"了！一直到隔了许多年后的今日，我还是无法对曾经一度莫名其妙地堕入"情网"的苹果重燃爱火。有人说每个人的一生该消耗多少东西，都有个定数的；也许，在那九个月里，我已将我这一辈子注定该吃的苹果悉数吃完了。

另一桩让我觉得很惬意的事儿是：尽管胃口极好而胎儿也在腹中健壮地成长，但朋友都直言看不出我已经怀胎五六个月了！我身轻如燕，精神抖擞，心里又充满了美丽的期盼，日子幸福圆满一如闪烁生光的珍珠，然而，仅仅、仅仅几个月后，我便堕入了人生一个黑暗已极而又痛苦已极的深渊里，这是我当时无论如何也想不到的！

六月，我有长达一个月的假期。假期来临前，日胜问我：

"你想出门旅行，还是在家歇息？"

我想也不想，便答：

"当然是出门旅行啦！"

旅行，一直是我生命中很重要的一部分。喜欢旅行，不是为了写作，仅仅只是因为我想在有生之年将我所居住的地球好好地看一遍。说来好笑，有时，听到飞机掠过上空的声音，我都会有心驰神往的感觉。

经过商量后，我们决定取道韩国飞赴美国；如此一来，我们便可以兼玩韩国与美国，然而，我们当时并没有考虑到，对于一名怀胎已六个月的孕妇来说，这样的行程，实在是太疲累了。

我们乘搭韩国的班机，由新加坡取道汉城（如今改名首尔）、日本、夏威夷而飞赴此趟旅行的第一站旧金山（即圣弗朗西斯科，当地华人称为三藩市）。整段飞行时间长达二十七个小时，加上过境等候的时间，足足花了三十多个小时！

尽管许多人觉得坐长途飞机苦不堪言，然而，每回出国，我都乐在其中。我吃、我喝、我睡、我读，吃饱喝足、睡罢读够，便听听音乐、看看影片，这种悠闲，在平时争分夺秒的繁忙里，是一种属于"镜中花、水中月"的奢侈。

然而，这一回，我却显然高估了自己的体质。

因妊娠而引起的脚部浮肿，在高空中全面恶化，我明确地感觉到可恶的脚在鞋子里面"无限度"地膨胀着、膨胀着，小小的鞋子，变成了折磨人的"刑具"，在这一刻，我真恨不得手上有一把刀子，可以让我来个愚蠢的"削足适履"！足部实在肿胀得太厉害了，逼不得已，我只好在飞机上很失礼地当了个"赤脚大仙"。

安全带，又是另一个"刑具"。肚子看起来不大，实际上不小。安全带长时间勒在肚皮上，让我有一种难以喘气的感觉，而且，小小的座位局限了我，我连稍稍改变一下坐姿也没可能。长时间动也不动地维持着同一个坐姿，像足了一只被捆绑着的企鹅，笨拙而又无助。

我百般不适地坐在机舱里，难受不堪。

然而，等我双足踏上了美国加利福尼亚州那景致秀丽绝顶的三藩市，立刻又来了精神，所有的不适，都烟消云散了。

第二天，到百货公司去买了一双特大号的鞋子，舒舒服服地穿上，我又健步如飞了。

当时，正是樱桃成熟的季节，娇艳的樱桃，这里那里，好像一丛丛的火，把整个三藩市烧得红彤彤的。生长在寸土寸金的新加坡，每回到国外，总是渴望到果园去逛一逛，三藩市的果园举世闻名，我们又岂能坐失良机？

于是，租了辆汽车，向果园麇集地纳帕谷（Napa Valley）直驶而去。纳帕谷是美国遐迩闻名的酿酒谷，葡萄园铺天盖地，杏子园、梨子园、橘子园，等等，星罗棋布。果子缤纷的色彩把夏季的天空映照得极为亮丽。

车子驶着、驶着，突然看到路旁竖立着一个巨大醒目的广告牌子，上面清清楚楚地写着：

"欢迎自摘樱桃。"

快速停车。园主看到我们，脸露遗憾之色，说道：

"你们想要采摘，应该在四五月樱桃盛产的时节来呀！现在，树上的樱桃恐怕已经不多了！"

我向她解释：我们来自不产樱桃的热带国家，这番前来果园，主要是想见识见识樱桃树，并不打算采摘樱桃来做批发生意。

她闻言大笑，语调热切地说道：

"看樱桃树？没问题，当然没问题！我的果园有两百多棵樱桃树，绝对够你看的了！"说着，从架子上取下一个竹篮，递给我，说："你们尽量采吧，采了回来这儿算账。"

一进入樱桃园，便忍不住大声喝彩：啊啊啊，每一棵樱桃树，都是从土地里蹦出来的一个惊叹号，美得叫人一看便魂飞魄散。每一颗樱桃，都连接着一根细细的茎，在感觉上，它们好似以纤纤玉臂攀住枝丫，在密密的叶丛里旋着红红的小裙子，风情万种，春色无边。

采摘樱桃最为便利之处是不必攀爬上树。由于子结满枝而枝丫低垂，随手一拉、随意一扯，满掌便都是圆滚滚、红艳艳的樱桃。

我边采边吃，边吃边采，在这一刻，觉得自己的人生就像是掌心里的樱桃，圆满、亮丽、丰实、甜美。

　　在痛痛快快地玩过之后，我们继程飞往夏威夷，在这个充满了热带风情的地方吹海风、晒太阳、吃海鲜，日子悠闲得好像地球暂时忘记了转动。

　　旅程的最后一站是韩国，由于在夏威夷休息得极好，精力充沛，到了汉城，一刻钟也坐不住了，疯一般地玩，根本忘了腹中有个大大的胎儿。

　　印象最深的，是到板门店去参观。板门店是当年和谈的地方，有条隧道，深入地底，阴暗潮湿，许多人望而生畏，裹足不前。可是，我居然胆大包天地朝洞口走去，毫不犹豫地抓着狭窄的扶梯，一步又一步地向下爬。当时年轻，不知道这么做的危险性，万一失手或失足，后果实在不堪设想。隧道越深，呼吸便越不顺，我这才想起隧道氧气稀薄，下面还有三分之二的路程，不得已，半途放弃。

　　在韩国，我爱上了那些辣得让头发齐齐竖立的腌渍品。腌渍品的种类惊人地多，韩国人似乎把他们丰富的想像力和独特的创造力全都发挥到腌渍品的制作上了。大白菜、小黄瓜、灯笼椒、白萝卜、冬粉、豆芽、莲藕、蕹菜、芹菜、茄子、豆腐，等等，全都被辣椒粉腌得"凶神恶煞"、面目全非。我每餐必吃，一吃便停不了，吃着时，舌头犹如着了火般，火势沿喉而下，蔓延得很迅速，一直汹汹地烧到胃囊去，使人担心薄薄的胃壁会被它烧出一个大窟窿！有时，吃着吃着，还强烈地感觉到一缕一缕白白的烟气"嗤嗤嗤"地从头顶冒出来哪！回国时，意犹未尽，大罐小罐地买了一大堆。

腹中孩子出世而成长后，性子非常"辣"，嘴巴不饶人，我为她取了个绰号"小辣椒"，不知道她性格的形成和我狂吃辣椒的这一段经历有没有关系？

如愿以偿

日子，像溪，潺潺地流着，恬静而甜美。

和怀第二胎一样，虽然有定期做超声波扫描，可是，我坚决不要知道胎儿的性别。为了怕医生一个不小心向我泄露了天机，我每回去检查时，都主动对陈医生说："千万不要告诉我是男是女啊！"后来，陈医生一看到我，便主动地说："放心，我不说，绝对不说！"

临盆的日子近了、近了。

到了九月中旬，陈医生认为是瓜熟蒂落的时候了，建议催生。

催生，对于我来说，是一种很理想的生产方式，一切都在妥善的策划下，有条不紊地进行，孕妇得以在安定恬和的心境下生产。自然分娩对于健康的人来说，风险虽不高，但却有着许多未可预测、难以掌握的情况，每回在报上看到有孕妇突然阵痛迫不得已而在飞驰着的计程车里或是行人川流不息的大街上诞下麟儿，我便冷汗直冒，老怕自己会陷入同样的窘境。

打个简单的比方来说，自然分娩有如让熟透了的果子充满刺激性地从树上掉落下来；而催生呢，却是由园主自己安心地爬上树去采摘。

催生的日期，定在 9 月 18 日。

生产前夕，一家子到东海岸一家著名的海鲜馆大快朵颐，我嗜食螃蟹，那晚在餐馆，点了一公斤清蒸的、一公斤黑椒的、一公斤烘烤的、一公斤辣椒的，大吃、狂吃、滥吃，吃得连走路都打横了。

　　蒸熟、炒熟、烘熟的螃蟹，红彤彤的，美丽诱人，然而，螃蟹肉却不是唾手可得的，必须经过千回百转的努力，才能如愿以偿地将藏在硬壳里那雪白柔嫩而风味绝佳的蟹肉挖出来、剔出来、挑出来、夹出来，慢慢享用。

　　没有耕耘，哪有收获？时常觉得造物者是通过各种各样的方式给予我们深具意义的启示和教诲的，即使是吃螃蟹这样的小事，也寓藏着可贵的人生哲理。

　　饱食之后，酣眠一宵。

　　9月18日一大清早，我便以度假般的美丽心情，提着装满了书籍的行李箱，到伊丽莎白医院去了。

　　腹中胎儿，不折不扣是个急性子，催生点滴才打了不久，腹腔便隐隐作痛，那痛，不是细水长流式的，它一阵比一阵紧、一阵比一阵密，我在犹如酷刑般的剧痛里听到了护士紧张的声音：

　　"快，快请陈医生过来！"

　　按照惯例，一般催生，最快也得挨上四五个小时，可是，现在，才两个多小时，便进入生产的"紧急状态"了，即连经验老到的陈医生，也觉得快得不可思议。

　　我平素做事快如闪电，没有想到连生产也是如此

"迅雷不及掩耳"，嘻嘻！

早已"洞悉先机"但却为我保密多时的陈医生，以满含笑意的声音说道：

"是个女娃儿哪，恭喜你啦，总算如愿以偿了！"

转头去看，看到了一张哇哇地哭着的脸、一张肤色白皙的脸、一张五官细致的脸、一张秀里秀气的脸、一张独独属于女孩儿的脸。

在这一刹那，我发现自己高高地飘到了一幢高楼的顶层，堆砌那楼的，正是那无可名状的快乐，那种快乐，如同满盈的水，我觉得自己快要被淹没了！

1984 年 9 月 18 日，我为诞生的女娃儿取名林可君。

这个名字，是集思广益的成果。我的母亲希望她的外孙女能长成一个玲珑美丽的可人儿；我的父亲呢，则盼望她是个诚实不阿的正人君子；我灵机一动，便将妈妈和爸爸的愿望合而为一，以"可君"为名，衷心希望这女娃儿成长后，能兼具外在美和内在美。

经朋友介绍，找来了一位陪月，四十来岁，略胖，长着一张不笑也像在笑的脸，一团和气。她当陪月已有十多年了，婴儿仿佛是她掌心里的一个小泥团，要圆要扁要方要长，任她搓弄。有时，娃娃哭闹不休，旁人百般摆弄亦无济于事，然而，说也奇怪，一落到她的大手中，霎时便像颠簸的船只驶进了港湾里，原本惊扰不安的脸，乖乖地静了下来，更奇的是：不一会儿，便露着恬然的微笑安然入睡了。

这陪月，还有着一流的厨艺。她烹煮的各种坐月食物如炒猪肝猪腰、猪脚醋、红糟鸡、鸡酒汤，等等，香醇而不油腻，百食不厌。令人惊喜的是：她还会烹煮各式各样的西餐，诸如蒜泥猪扒、酥炸鸡扒、蘑菇牛扒，明明是大块的肉，但却全然没有肉的脂肪感，那种奇异柔软的丰腴滋味，着实叫人回味无穷。

一日三餐，变化多端，她且还挖空心思，调弄各式精巧的点心。芝麻饼、桂圆汤、红枣糕、奶黄酥，轮番上阵。

我尽情享受，吃出了杨贵妃的心情和身材。

那重达七磅余的女娃儿，非常美丽。她有着可爱的双眼皮，眼珠大而亮，鼻子尖挺，嘴唇小巧，每回朋友来访，总大声赞美："哟，好个标致的女娃儿！"我呢，也总露着毫不谦虚的笑脸，点头称谢。

在 1984 年，家庭计划的口号还停留在"生一个无限好，生两个恰恰好"的阶段，生第三个必须接受一定的惩罚措施，包括不能享有任何分娩假期。我于是申请了两个月无薪假期，再加上一个半月的学校假期，总共得以休息三个半月。

我与日胜商量好了，摆过满月酒后，利用大约两个月的时间，作一次环球旅行。

然而，没有料到，接下来那一场噩梦，不但彻底地粉碎了我美丽的旅行计划，还差一点攫取了我的性命！

［第六章］

生命的漩涡

梦魇

1984 年 10 月 18 日，我亲爱的女儿可君满月。

设宴庆祝，给她穿了一袭绸质的新衣裳，象牙色，领口和袖口考究地镶着一朵朵手织的小花儿。嫩红的脸，吹弹可破；不论横看竖看，都像足了一个特大号的洋娃娃。

看着怀里这个小不点儿，心里满满都是当母亲的矛盾。

我一方面希望她一尺一尺、一丈一丈快快地长高、长大，和我并肩而坐，掏心暖心地谈天；另一方面，我却又希望她一分一分、一寸一寸地长，慢慢地长，使我和她相处的日子可以无限度地拉得长长的。

满月过后，我付清了给陪月的钱，另外给她包了一个大红包，又遵照习俗，买了一双红木屐给她，这才依依不舍地把她送回她位于牛车水的住家。

依据原定的计划，我再休息两周，就出国旅行了，届时女儿将交托给保姆；方义和方德呢，就根据"老规矩"，送返怡保，由婆母照顾。

这件使我一生一世都不愿再回顾的事情，就发生在这两周内。

书籍，一向是我的第二生命，平时工作繁忙，我必须在时间的夹缝里争分夺秒地阅读，现在呢，有了大片的闲暇，我原可悠哉闲哉地在书海里尽情遨游，然而，奇怪的是，将陪月送走后，我与女儿独处一室时，竟然莫名其妙地产生了一种"山雨欲来风满楼"的焦躁感。

女儿甜甜地睡在我床边的摇篮里，房间内氤氲着水果和鲜花的芬芳香味，一切的一切，是那么的圆满、和谐、美好，可是，不知道为什么，我坐立不安，疑神疑鬼，往往一个轻微的声响，便能将我整个人吓得跳起来。户外有着好些流浪猫，每回当猫儿发出叫声时，便仿佛有人狠狠地踏在我的神经末梢上，惊得我汗毛直竖，冷汗直流；猫儿一日数叫，我也一日数惊。渐渐地，我的精神，进入了一种恍惚游离的状态中。

我知道自己不对劲，但是，我不知道哪里出了问题。

我完全进不去那个我原本热爱的文字国度，只要我一翻开书本，书里的文字，全都变成了蚂蚁，一口一口地咬我的眼睛，于是，我只好转而看电视。

明明看的是热闹缤纷喜气洋洋的肥皂剧，我的脸却像是被浓烟笼罩着的热带雨林，阴阴悒悒的，硬是挤不出半点笑意；看煽情的悲剧时，便名正言顺地哭得凄凄惨惨，眼泪鼻涕滴滴答答地糊了一脸，哭着时，觉得整颗心都在抽搐。

情绪影响胃口，不论多美味的食物摆在眼前，都引不起食欲；有时，胡乱地以面包蘸点自来水，便算解决了一餐。

更糟的是：夜不成眠，羊圈里的羊已经被数到第四代了，酸涩的双眼还是愣愣地瞪着天花板，几乎把天花板瞪出一个大窟窿。有时，勉强睡着了，又被女儿的哭声惊醒，迷迷糊糊地爬起身来，看到她在小床上哇哇地哭着，我茫然无措，眼泪扑簌簌地掉。我不知道自己为了什么而哭，可是，我完全控制不了自己，我觉得我已经惨惨地掉入了一个黑暗的迷宫，不，更正确地说，是被一只来历不明的魔掌推进了一个黑不见底的大坑。

我身子一向健壮，偶尔不适，只要买几剂药服服，便药到病除了。因此，很少和医生打交道。可是，这一回，我却无论如何也"自救"不了。

我去看医生。

离住所不远，有家私人诊疗所，主诊的是名年轻的男医生。我噙着眼泪，把心悸、焦躁、失眠、无胃口等病症一一说了，医生淡淡地表示：生产需要消耗大量体力和元气，我身体可能因此而缺乏某些维他命和营养素，才会暂时出现功能紊乱的现象，只要补充多种元素维他命，一个短暂的时期过后，便可恢复正常了。

他配了一些维他命丸给我，在我的要求下，也给了一些安眠药。

我回家后，遵照指示，按时服用，可是，半点儿疗效也没有。

病情日趋严重，不但轻微的声响能使我整个人跳起来，即使是婴儿的哭声，也使我的心跳得仿佛面对着一个黑幽幽的深谷。我深深地爱着我的宝贝女儿，可是，让我痛苦莫名的是：我竟不敢抱她！每回她哭，我哭得比她更厉害。

有好几次，在夜半无人私语时，看到床边的安眠药，我竟然想抓起来，一股脑儿吞下去。这个时刻，我并没有意识到，我其实已经走入了一个极其危险的地带，面对着人生一个无形的悬崖绝壁。

接着下来，情形更是雪上加霜，

我全身的肌肉绷得死紧，像拉得很满很满的弓，随时都会"啪"的一声断掉。与此同时，有一种很尖锐的痛楚好似喷泉一般从我背部散发开来，那种痛，宛如一枚一枚铁钉，深深地钻入我背部的每一寸肌肤里，每个细胞都被它惨惨地压得发出了无声的哀嚎。有好几次，我痛得眼前发黑，连胃囊都痉挛。

我怎么啦？我到底怎么啦？

再去同一间诊疗所求医，陈述病情，这一回，医生建议我到医院去照 X 光，看看是不是背部出了问题。我依言办了，可是，一切正常，没有半点异象。

医学证据显示我没有病，可我却又全身上下都不对劲。那种情形，就好像一个人莫名其妙地被丢进了黑暗的地牢，过着生不如死的生活，可是，扪心自问，却又不知道自己到底犯了什么罪。那种精神的折磨，比肉体的痛楚更不堪、更难忍。

吃不下、睡不着，渐渐地，对一切都失去了兴趣。书籍不翻，电视不看，人像一个大字般摊在床上，狰狞的死神老是在眼前晃来晃去。

我很想长睡不醒。

日胜把一切看在眼里，却又不明原因，心里的焦虑，不亚于我。一日，将一叠旅行资料送到我面前，故作兴奋地说：

"要出门旅行了，还不赶快做点功课！"

我意兴阑珊、垂头丧气地说：

"我哪里都不想去了，你把机票退了吧！"

日胜看着我，眼神痛，心更痛，半晌，说道：

"你不如去看看妇产科医生吧，听听她的意见！"

我冷冷地应：

"我的病，跟妇产科有什么关系！"

他说：

"你如果不想办法帮助自己，谁能帮你！"

我不可理喻地答：

"死了不就一了百了！"

他不再出声了，可是，脸上是一片无声的痛。次日一早，不由分说，硬生生地把我从被窝拉起来，说："走，去看医生！"

一进入妇产科医生陈莉娜女士的诊疗所，我的眼泪，便倾泻如江河，我边哭边说：

"我不想活了，我想死，我真的想死！"

陈莉娜医生一声不响地任由我哭，任由我说。然后，把纸巾递给我，以一种比她眼神更温柔、比气象台更明确的语调对我说道：

"亲爱的，我想，你是患上产后抑郁症了。"

我愕然地抬起泪眼看她。

产后抑郁症？产后抑郁症！

她耐心地向我解释：大约半数产妇在分娩后会有情绪不稳的迹象，她们脾气暴躁，动辄流泪，不过，情况并不严重，通常持续一个星期左右，便不药而愈。产妇当中，有 12% 至 15% 会患上较为严重的产后抑郁症，症状多半在产后两至四周内才逐渐出现。患者情绪低落，心情抑郁、对一切都失去原有的兴趣，甚至，讨厌初生的婴儿。慢慢地，心颤、心悸、失眠、厌食，浑身疼痛，万念俱灰，进而萌生自杀的念头。如不尽早延医诊治，后果堪虞。

陈莉娜医生进一步指出：荷尔蒙的变化，是产后抑郁症的主要成因。一般上，妇女怀孕后，荷尔蒙会比未孕前高出二三十倍，分娩后，荷尔蒙又立刻下降，体内系统一时调节不来，便会因此而诱发产后抑郁症。

治疗的方式有两种：一种是服食抗郁药物，另一种是进行电疗。前者疗效较慢，服药期限少则半年，长则一年；后者见效快，但可能会在短期内影响记忆力，较适用于重症。

就我的情况而论，陈莉娜医生建议服药。她强调：只要定时服药，可确保百分之百的痊愈率。

从诊疗所走出来，站在白花花的阳光底下，我忽然想起了出自《列子·力命篇》的成语"一朝一夕"。

战国时期著名的哲学家杨朱博学多才，极受敬重。有一天，他去拜访朋友季梁，季梁正好恹恹地病倒在床，精神萎靡不堪。

季梁的儿子焦虑万分地哭求杨朱：

"杨伯伯，我父亲的病看上去很凶险，你能否推荐一个良医来为他诊治？"

杨朱仔细地探视了季梁，沉着安稳地说：

"你别着急，依我看，你父亲的病并不严重，只要放松心情好好休息调理，很快便会痊愈的。"

但是，季梁的儿子不相信，一下子请来三位医生。

第一位医生给季梁诊治了一下，说：

"你得病的原因是阴阳不和，平时用餐习惯饥饱不均。只要吃几帖药，即可药到病除。"

季梁摇摇头说："你只是个普通医生，你走吧！"

第二位医生给季梁把了脉，说：

"你的病是先天不足，而非一朝一夕形成的。要用药来治好你的病，恐怕很难。"

季梁赞许地说："你是一位良医。"

第三位医生静观气色之后，说：

"你的病是由精神抑郁引起的，所以，不用吃药，只要好好修身养性，就会好的。"

季梁十分赞许地说：

"你真是一位神医啊！"

原来季梁的病确实是因精神抑郁而起。经过精神调节，果然没过多久便痊愈了。

这个故事说明了患者应该沉住气，静下心，寻觅良医，寻找病源，然后，对症下药，宽心养病，自然便能药到病除了。

现在，确定了病源，生活虽然还是一片黑不见底的痛苦，可是，至少，一直在门外觊觎着的死神无机可乘了。

澳洲寻医

取消了环球旅行，日胜决定偕我同到澳洲去。

澳洲地处南半球，年尾正好是风和日丽的夏季。这个幅员广大的地方，风光秀丽，治安良好，生活步伐悠闲，是度假的天堂。然而，日胜选择到澳洲来，最主要的原因是：他曾在这儿因求学和工作而生活了好几年，老马识途，他懂得上哪儿寻觅良医，为处于水深火热的我求取"灵丹妙药"，纾解痛苦。

抵达悉尼次日，他便安排了专科医生沃尔芙先生与我晤面。

沃尔芙医生仔细听我陈述，然后，全面而冷静地加以分析，得出的结论和陈莉娜医生是一致的：我因产后荷尔蒙严重失调而患上抑郁症。

他嘱我耐心服用抗郁素。

对于服食抗郁素，我最大的隐忧是：它可能会像毒品一样，让人终生上瘾，最终导致神经麻痹，肝脏受损。

经验丰富的沃尔芙医生以深具把握的语调说道：

"你放心，医学进步，现在的抗郁药物并没有副作用，服食之后，也没有后遗症。照你现在的病况，不服药，情形肯定会越变越糟；可是，服了药，情绪稳定了，一切都会渐入佳境。"

"那我必须服药多久呢？"

"这是因人而异的。"他客观地分析，"有人服食几个月，便霍然而愈；也有人必须持续服食一整年，或者两三年。"

一般上，患上抑郁症的原因有好几种：一是内因引发（如荷尔蒙起变化或脑中化学物质不平衡）；二是外因诱发（如感情发生变故、经济面临困难，等等）；三是内因与外因兼而有之。

沃尔芙医生指出：我的抑郁症纯粹是内因诱发的，只要定期服药，一旦体内系统的运作正常化了，一切便会雨过天晴，否极泰来了。

沃尔芙医生以柔和而又坚定的眼神看着我，说：

"除了医学界现在仍无解药的几种绝症之外，世界上哪有医不好的病呢？"

这两句话，成了我心中的一盏明灯。每当痛苦得无以自持时，这两句话，便会适时地跳出来，帮我渡过难关。

在澳洲的那一个月，大部分时间，我们都待在悉尼。日胜带我到各大中餐馆与西餐馆，品尝中西各式美味，遗憾的是：病症未除，珍馐百味于我而言，味同嚼蜡。

记得很清楚，有一回，他带我去豪华邮轮上吃海鲜，点了极其名贵的阿拉斯加螃蟹，圆大蟹壳如江边夕阳而肥厚，蟹肉如皑皑白雪，若是平时，我必然十指齐动，大快朵颐地吃得心花怒放；可是，此刻，我心悸、心慌，背痛、筋痛，无神、失神，根本没有任何食欲。在气氛幽雅的餐馆里，在浪漫晃动着的烛光中，我低着头、抿着嘴，无声地哭，眼泪一滴、两滴、三滴、无数滴掉落在放着螃蟹的盘子里。

日胜带我到赫赫有名的歌剧院去看表演，眼前一片花团锦簇、欢歌劲舞，可是，我的心，一片惨淡的灰暗；外面缤纷的色彩，一点一滴也渗透不进内心那无光无亮的世界里。

日胜驾了租来的车子，带我到离开悉尼六十余公里的山岳地带，看那风光迷人的蓝山（Blue Mountains），这地区的灌木地带最适合散步，西洋杉、橡树林、野生葡萄，星罗棋布，一向喜欢户外活动的日胜，一边走在空气绝顶新鲜的林荫道上，一边示范：

"深呼吸，呼——吸，呼——吸，让空气洗涤你的肺叶！"

我像个行尸走肉，木无表情而又毫无感觉地走在他身边，纵是世界奇观，也引不起我观赏的欲望和心情，走着走着，我竟恹恹地说：

"回去吧，我想休息。"

抑郁症最可怕的地方在于：它将一个人本来的性格、喜好、人生观等全然扭曲、改变，使你变成一个连你自己都辨认不出自己的人；此外，它还残酷无仁地攫取了你所有快乐的感觉和能力，让你时时刻刻有生不如死的念头。

这一生，旅行无数，每回都是快快乐乐地出发、快快乐乐地回家的。唯独1984年的这一趟澳洲之行，沾满了苦涩的眼泪。

回返新加坡后，学校开学了，我回返了教学岗位，一边按时服药，一边教书，生活的格子被密密地填满了。

日子流去无声，渐渐地，病征也一点一点地消失了，我的心情，慢慢地恢复了。我乐观豁达的本性、好玩爱闹的个性和喜欢美好生活的本质也重新回来了。

在服药半年之后，我终于停止了服食抗郁素。

我觉得重新活过来了。

患了产后抑郁症那种好似坠入炼狱般的痛苦，非亲身经历，绝对难以想像，患者的自杀行为是完全可以理解的，而抑郁症患者轻生的新闻在报上也屡见不鲜，好些自杀者还是家喻户晓的名人呢！

在我痛苦最深而几乎走上绝路的那段日子，全然是另一半那种赴汤蹈火在所不惜的关怀，在关键时刻阻止了我做傻事的念头。

爱，往往是世间最好的药。亲人的支持与关心，是救命符。

从此，把笑声镶嵌入每一天的生活里，把生活过得如珠如宝似的圆满。

第七章

家训

女儿负笈英伦后，有一天，给我写了一封情文并茂的长信，其中有一段是这么写的：

"今天，我们一群来自新加坡的学生聚餐，谈起了彼此的童年和少年，她们都觉得自己活在一种沉重的幸福里。她们的母亲，老是没完没了地逼她们学这学那，她们样样都好像通一点，可是，样样都不喜欢。她们的童年和少年被这些额外的学习活动填满了，现在回想，记忆里什么都有，独独欠缺的是快乐。在她们絮絮地谈着的这一刻，妈妈，我心里涌满了对您的感激。您从不逼我们，从不。我只随心所欲地学我所喜欢学的，您所给予我的自由，为我童年与少年的成长期糅上了甜蜜的色彩……"

她的信里有两个发亮的字："自由。"

"自由"，指的是"选择"的自由，而不是"为所欲为"的自由。

许多望子成龙、盼女成凤的父母，让孩子的生活过得像走马灯一样，

钢琴课、舞蹈课、外语课、补习课、电脑课，一项接一项，这使他们的生活像一个装得过满的袋子一般，完全没有透气的空间。每回看到他们，我便仿佛看到了非洲长颈部

落的美人——怕输的父母亲，将自己的愿望做成一块一块沉重的铁环，无休无止地加在孩子的颈项上，孩子的颈项被越拉越长，几乎喘不过气了，可父母却觉得越长就越美。

我不。

我不做铁环，我做花环。

我要我亲爱的孩子在熏人的花香里快乐地度过童年与少年时光。

从他们懂事起，我便明明白白地告诉他们：

"你们想学什么、要学什么，尽管告诉我，我会为你们报名，我会送你们去学，可是，你们不爱学的，我绝不逼你们。"

方义和方德喜欢锻炼身体，于是，在他们的要求下，我送他们去学跆拳道。每周到了训练时间，他们总是兴致勃勃地催我：

"妈妈，快点，快点啦，不要迟到！"

心中的兴奋，全都化成了写在脸上的殷切。

可君喜欢绘画，我送她去学水彩画。每周到了上课时间，她便提着那个装着颜彩与画纸的小书包，一蹦一跳地出门去。

心中的快乐，转成脸上灿烂的笑花。

然而，话说回来，我的"民主"，有时亦成了我的"失误"。

可君十一岁那年，忽然对音乐产生了兴趣。有一天，放学回家，告诉我她想学钢琴。

我一听，好生欢喜。

让音符优雅地跳跃在家里，一直是我心头一个美丽的梦，但是，家中成员，没有一个具有音乐的细胞，现在，女儿主动提出要求，我自然大喜过望啦！

那一个周末，上琴行去逛，不曾深思熟虑，便订购了一架钢琴，现在回想，真是操之过急！

之后，通过报上广告，联系上一名年轻的女子，她拥有八号钢琴文凭，正等着进大学。我想，以这样的资历来教小可君，是绰绰有余了，于是，立刻便作了安排，请她周末上门来教。

长得很白很瘦，端庄而安静，像个很有教养的淑女，然而，在直觉上，我却感觉她欠缺了这个年龄该有的活泼。

可君全无音乐基础，她又毫无教学经验，因此，坐在钢琴前面的这一对师生，常常出现这样的一种僵局：可君毫无章法的小手指这里敲一下那里弹一下；她呢，板着脸，木木然地说"不是这样的"，自行示范；可是，轮到可君时，她又故调重弹，从琴键里跳出来那些不像音符的东西，满满地蕴含着怨气与怒气；老师蜡塑般的脸，蒙上了霜。师生两人，都饱受精神折磨。

我错误地以为这是学习音乐必经的过程，便任由她们彼此折磨。

勉强地拖了三个月，一天，可君噙着眼泪，对我说道：

"妈妈，我不要再学了！"

只学了短短三个月，便想放弃？

我难以置信地瞪着她，她的眼泪很快地流了下来，说：

"老师骂我笨！"

姑且不论真相如何，师生两人的不咬弦，我却是清清楚楚地看在眼里的。

于是，另觅良师。

朋友介绍了一位誉满杏坛的音乐老师，女儿上门去学，当天回家，弯弯的眉眼全是盈盈的笑意，一见我，便欢欢喜喜地复述老师所讲的故事：

"有个贼，进了别人的屋子，看到两个人在练琴，立刻便退了出来，不要作案了，因为他说那户人家很穷，穷得必须两个人共弹一架钢琴。妈妈，您看，那贼多蠢！"

从此，去学琴时，总是欢天喜地，因为钢琴老师会说很多很好听的故事。

如此上了几堂课之后，老师来了电话，客客气气地对我说道：

"麻烦您代我督促可君在家里练琴，好吗？对于初学者来说，每天在家反复练习是很重要的。"

原本以为是女儿自己主动要求学琴的，要她练琴，应该易如反掌，谁知我大错特错了。

我们母女，好像在进行一场又一场的"拉锯大战"，我拉一下，她动一下；我不拉，她便不动；到了后来，更糟，我拉她，她索性甩手逃脱。有一次，我大大地动气了，硬要她坐在钢琴前练足一个小时，她依言而练，可是，从钢琴里跳出来的音符，好像在热锅里痛楚地跃动着的豆子，哪有半点悦耳的音色可言！更意想不到的是，她练完之后，为了发泄心中的怨气，干了一件当时令我气炸了肺而事后回想却忍俊不禁的事儿：她将屋子里所有我的照片都倒过来挂了。

我们母女的关系，因为练琴的原因，变得十分紧张，就好像是吉他上一根校得极紧的弦，随意一碰，便会"啪"的一声断掉。

这种情况，持续了将近半年后，我升了白旗。

痛定思痛，我发现这事最大的症结是：她根本没有音乐细胞，可是，看到同班好友在学，以为这是很好的玩意儿，便也吵着要学，而我，不加深究便盲目地加以支持，结果便形成了这种"两败俱伤"的局面。

不久，报端出现了一则钢琴待售启事。

钢琴卖掉之后，母女俩也宣告停战了。

事后和好友谈及此事，她认为我做错了。她指出学习的历程原本就是痛苦的，我应该硬硬地逼她，逼得她就范为止。

我不同意。

在艺术的范畴里，如果孩子是一条溪，就让它潺潺地唱着属于小溪的歌；如果孩子是海，自然能够发出浪涛拍岸的澎湃声。

逼溪成海，溪绝对成不了海，只会白白痛苦而已。

考试期间。

那一年，方义读小六，方德读小一。

晚饭过后，兄弟俩高高兴兴地坐在电视机前面，看他们最喜欢的卡通节目《大力水手》，看完了，转台，又兴头十足地看了一个探险节目。

在"风声鹤唳、人人自危"的大考期间，让孩子看电视，对于许多父母来说，是匪夷所思的。然而，在我们家里，却是"寻常风景"。孩子不但可以照常看电视，还可以自由地外出打篮球、自在地玩电脑游戏，等等。

条件只有一个：他们必须考到可被接受的好成绩，换言之，他们的成绩必须和他们的智力与努力成正比。

从小，我便向他们传达了一个明确的信息：我不给他们请补习老师，因此，他们在学校必须集中精神听课。在学业这一码事上，他们必须自食其力，他们必须全力以赴。平常我也绝对不检查他们的书包，他们得遵守"一日事一日毕"的原则，把功课做好、交上。

如果他们在享受了这种自由之后，无法交出理想的成绩单，那么，我便会把我所给予的自由悉数收回来了。那就意味着他们必须遵照我所列出的时间表来读书、做事。对于一个曾经享有绝大自由的人来说，这种"精神坐牢"的惩罚方式，是比什么都痛苦的！

记得有一次，方德测验考坏了，我买了一本《语文练习与评鉴》，罚他坐在房间里，不停地做。他做了一个小时后，习惯性地站起来，扭开电视，想看。我立刻把电视关掉了，说："这个星期，不许你看。"他耷拉着脸，嘟嘟囔囔地说："不看电视，只读书，人会疯掉的！"我把他的测验卷子抽出，摊开给他看，说："考出这样的成绩，有资格要求娱乐吗？"他立刻噤声，一脸悲戚。从那次起，他便很努力地把自己管好，很少再让我为他的功课操心了。

父母亲如果在立下条规之后，能够严格遵守，言出必行，通常能有事半功倍的效果。反之，只说不做，孩子"只闻雷声响，不见雨下来"，久而久之，便会把父母当作一无是用的"纸老虎"或是田野间只用以恐吓而无实力的稻草人了。这种印象一旦形成，父母就算有再好的教育理论，也形同虚设。

我要孩子自我管束，实际上是源于父亲的"双自"哲学。

所谓的"双自"，指的是"自爱"与"自重"。一个自爱的人，不必他人监督，便能自动自发地把事情做好；

而一个自重的人，绝对不会做对不起自己的事。父亲认为有了"双自"，便等于在漫长的人生道路里领取了无往不利的"通行证"，不论从事何种行业，也不管坐在什么位子上，都一定会赢得别人的敬重。

父亲的"双自"教育，使我受惠终身。

的确，我认为人世间最好的制度，是自我监督的制度；因此，不论做什么，我都会拼尽全力把自己最美好、最圆满的一面表现出来，我寻求的是自我的满足，我追求的是自我的提升；我不和他人一较高低，我只和自己比拼，自自在在地活出一个真实的自我。

把这样的教育哲学传授给孩子的同时，我又加入了另外的"双自"，那就是：自立、自强。

许多父母给予儿女的爱，是庇护性的。许多事情，明明儿女可以做，他们却包揽下来，宁可累坏自己，也不愿孩子分担；结果呢，孩子像永远长不大的雏鸟，一旦离开老巢，在陷阱处处的蓝空里，小鸟往往要饱经挫折、溃败、忧伤、打击，才能辛苦地取得生存的秘笈；至于那些意志力较为薄弱的，便会在"物竞天择，适者生存"的自然法则下被淘汰掉。

爱他们，反而变成害他们。

孩子进了小学后，我便告诉佣人，不必替他们洗鞋子，让他们自己负责。那时，学生穿的是帆布鞋，一旦沾上污垢，去除不易，必须以刷子反反复复地刷，刷刷刷，污垢才会一点点地淡化；之后，均匀地涂上鞋粉，放到太阳底下晒。曝晒期间还得注意天气的变化，天色一暗，便得赶快把鞋子收回来。我执意要他们做这项繁琐的杂务，目的是借此培养责任感。

年龄大一点，床铺和房间，都得自己收拾；杯盘碗碟，自己清洗；再大一点，房间东西坏了，自己必须想办法修理；比如说，木质书桌不小心刮花了，自己买亮漆去髹，灯泡坏了，自行调换。

我刻意让他们充当自己的主人。

我始终坚信：培养了独立的能力，他日在辽阔的蓝空里便能飞得愈高、飞得愈远。

在生活上，我训练他们自立；在思想上，我训练他们自强。当他们向我们提出疑问时，我总是让他们自行思考解决的方式。

"给他鱼吃不如教他钓鱼之道"已是一个老八辈子的道理了，现在，引述一个新鲜有趣的小故事。

甲和乙打赌，甲说倘若他送乙一只鸟笼，挂在家里，那乙势必会买一只鸟；乙嗤之以鼻："要不要买鸟，是我自己的意愿和自由，我要是不买，谁能奈何得了我！"两人遂定下赌约。次日，甲便买了一只精美的瑞士鸟笼给乙，乙把它挂在离饭厅餐桌不远的地方。每次有人到访，看到那空荡荡的鸟笼，总无一幸免地问他："老兄，你的鸟儿什么时候死的？"他如实回答："我从没养过鸟。"

客人又问："那么你挂个鸟笼干什么？"他只好从头细说缘由。说说说、说说说，一说再说，说了又说；日复一日地解释、周而复始地解释，到了后来，疲惫不堪而又不堪其扰，只好买了一只鸟儿放进去。

这个故事给予我们的启示是：在你孩子的脑子里挂上一只空的鸟笼，这样一来，他们就会尝试把东西放进去了！

买了一套"三用"器皿，这晚，兴致勃勃地加以试用。

所谓"三用"，指的是：可以在炉火上炊煮，可以在烘炉里烧烤，也可以直接送进微波炉。概念新颖，加上刚刚面市，价格昂贵。

孩子们进厨房帮我把煮好的饭菜端到餐桌上，就在这时，我听到"哐啷"一声巨响，回头一看，方德瑟缩地看着地上"三用"器皿那一堆玻璃碎片，还有，狼藉一地而依然一无所知地冒着香气的烘烤鸡块。他抬头看我，嗫嚅地说："妈妈，我不小心……"在这一刻，我气得头发一根一根直直地竖了起来，我想拧他的耳朵、我想大声呵斥，可是，一切已成定局，拧他、骂他，都无济于事了；再说，他又不是故意的。

我叹了一口气，说："收拾干净，准备吃饭吧！"

那一年，方德十一岁。

另一回，到好友家去聚餐，临别时，知道我嗜喝葡萄酒，好友拿出了一瓶法国佳酿送我，说：

"这酒，收了十年，一直不舍得喝呢！"

如获至宝，小心翼翼地捧回家去。抵家

后，在大门口把葡萄酒交给方义，说："小心，拿好！"取门匙开门，可是，门还没有开启，我便听到瓶子落地碎裂成片的清脆声响，血一下子便冲上了脑门，我霍地转过身去，站在我身后的儿子，束手无策地对着地上汩汩地从玻璃碎片里流出来的葡萄酒，一脸的张皇失措。

在这一刻，我想尖声叫嚷，我想掴他耳光，但是，有什么用呢？事情都已经发生了，打他、骂他，都不能使地上的碎片还原成完完整整的一个瓶子。

我深深地叹了一口气，说："把玻璃碎片打扫干净吧！"

那一年，方义十二岁。

有些父母，会为了家里一些贵重或不贵重的物品被孩子不小心地摔破、踢破而责骂或鞭打孩子，但是，我不，绝不。

东西破了，可以重买；亲情被打裂了，却是万能胶也黏合不了的。

然而，如果他们所犯的错抵触了我的教育信念，我一定会让他们挨受皮肉之痛。我始终相信，父母如果责打有理而能通过这样的教训来使孩子汲取终身受惠的价值观，孩子他日回顾自己的成长岁月，当会心存感激。

有一年，年仅五岁的可君，便被我鞭打了。

家里有一张设计独特的小茶几，绒质桌面，四根短短的腿雕着四条神气活现的龙。这是我从国外千辛万苦地海运回来的。然而，有一天，我惊愕万分地发现，有人居然恶作剧地以刀子将这小茶几的绒质桌面割出一道长达一尺余的大裂痕！

是谁干的？究竟是谁干的？

我把三个孩子唤到跟前，大声质问。

最大的"嫌疑犯"，是十二岁的方义，因为性子好奇的他，一向具有强大的破坏力，东西拿到手上，东拆拆、西拆拆，不一会儿，便支离破碎了。

七岁的方德，一向温顺乖巧，大概不会对妈妈心爱的茶几下此重手吧？

至于五岁的可君，力道恐怕不足以划出那么深、那么长的裂口，所以呢，嫌疑最轻。

我与日胜的两双眼睛齐齐盯着方义，他矢口否认，声音之大、声调之急，前所未见。

老二、老三，全都否认得一干二净。

怎么办呢？

我和日胜"退堂"商议。

我一口咬定是长子干的，理由是：

"他刚才的样子，气急败坏、气势汹汹的，倘若不是做了亏心事，怎么会惊成这等模样！"

日胜摆出了"包青天"的面孔，说：

"你这种理所当然的想法，太危险了。也许你没有发现，方德整张面孔煞白煞白的，好不怕人，我看，也许是他割的！"

得不出结论，我们决定改用"软计"。

放软了声音对孩子们说道：

"谁都会犯错，只要你们坦白承认，我们绝对不会惩罚你们！"

还是不行，没人承认。

于是，进行"个别出击"，把孩子轮流叫到跟前，以重如铁锤的口气，责问。

终于，可君经不起恐吓，结结巴巴地说道：

"妈妈，是……是大哥哥割的！"

"你怎么知道？"

"我看到他割。你在厨房煮饭，他蹲着割。"

"他用什么割？"

"小刀啦！"说着，走到老大的书包前面，取出那把做手工用的蓝色小刀，再走到茶几旁，用动作比划着说："他就是这样割的啰！"

我气得发昏，问她：

"你看到他割，为什么不到厨房来告诉我？"

"他，他说，如果告诉你，他便打我……"

我再也沉不住气了，取了藤鞭，把他从楼上叫下来，二话不说，便朝他的小腿狠狠地抽了一鞭，骂道：

"打你，是因为你睁着眼睛撒谎！你割坏了茶几，认错便没事，闹得一屋子人不安，才让我查出是你做的……"

长子突然扑倒在地，放声大哭，一边哭一边喊着说：

"不是我，我发誓，真的不是我！"

他发誓，他居然发誓！我更气了，正想挥上第二鞭时，突然瞥见老二眼泪汪汪，嘴唇发抖。

我的藤鞭停在半空中，再也挥不下去了。

会不会是女儿报错消息呢？毕竟她只有五岁啊！

我下意识地望了她一眼，她口中吮着大拇指，双目坦坦然地回望我，一点儿也不像是扯了谎。

唉唉唉，我突然觉得很累很累。

鸣金收兵，另谋良策。

苦思之下，心生一计。

次日，嘱他们上车，然后，将车子朝警署驶去，一脸肃穆地对他们说道：

"你们三人都不肯承认，我也没有办法了。现在，我决定将你们送去警署，交由警方调查……"

话犹未毕，车内突然传出了一个尖锐急促的哭声，我回头一看，天哪，居然是"通风报信"的小女儿，只听得她抽抽噎噎地哭道：

"妈妈，不要叫警察抓我，是我割的，是我用哥哥那把蓝色的小刀割的……"

悬案解决了，而我，心情万分沉重地上了人生很宝贵的一课。

事后，重重地鞭了女儿手心四下，而且，明明白白地告诉她，这是她触犯家规所应得的惩罚。

所谓的家规，就是孩子耳熟能详的"三不政策"。

这"三不政策"是："不准欺骗、不准无礼、不准怠惰。"

看似简单，然而，里面，却涵括了丰富的生活哲学。

在"不准欺骗"这道禁令中，体现了我对孩子道德准绳的要求。说话要老实，行为要诚实。一个人，如果能忠于自己而又忠于别人，守信诺而又重信用，便能在长长的一生里循规蹈矩地活得心安理得。

再说说"不准无礼"。

礼，可说是处世的基本原则。一个孩子，懂得长幼有序的道理，待人接物，分寸自然能够拿捏得准。礼貌，不是表面的寒暄客套，而是发自内心的一种修养。以礼待人，既是他重，亦是自重；而这家训也别具深意地含有"老吾老以及人之老，幼吾幼以及人之幼"的深刻教诲在内。一个人，如果能尊敬长辈而又善待幼辈，家庭关系和社会关系，都能圆融和谐；而一个没有人事纠纷的人，也同时是一个快乐自在的人。

在"不准怠惰"这道禁令当中，传达了我对孩子求学与做事的要求。不要懈怠、不要躲懒，如果自己的精力能走五十里路，不要在三十里的驿站里长歇息；如果自己的体力能攀爬一千公尺高的崇山，不要心满意足地蹲在四百公尺的小丘上。在自己的能力范围内设定了目标之后，就应该倾尽全力，把自己最好的、最佳的、最圆满的状态呈现出来。

我常常给孩子讲述"懒人和大饼"的故事。有个人，出奇地懒。有一回，他老婆要出远门，担心他懒于炊事而活活饿死，便给他烘制了一块奇大的饼，用绳子串了，挂在他的脖子上。几天后，老婆回来，发现他饿死了。奇怪的是：脖子上的饼，还剩下许多。原来这个懒人只肯低头啃食脖子周围的饼而不愿伸手拿饼来吃，结果，脖子周遭的饼吃光后，他便活活饿死了。

另外一个懒人的故事，更绝。

有个人，老是埋怨工作太辛苦，三天两头换工作，换来换去都不满意，后来，有人介绍他去当守墓人，心想，他只要整夜坐着不动便可以了，大约不会再嫌辛苦了吧！不料他只做了一天，便来辞工了，介绍人吃惊地问："怎么啦？"他生气应道："墓地里每个人都舒舒服服地躺着，只有我，必须直挺挺地坐着，太辛苦了呀！"

一个懒惰的人，也同时是一个向人生缴交白卷的人。人生一世，草生一秋。我们不能白白来一趟。我们必须拼尽全力，活出自己的精彩。

这"三不政策"，成了我孩子成长历程中的座右铭；表面上，我是通过这"三不政策"来贯彻我的理想，实际上，我是借此而送他们三份毕生受用不尽的瑰宝！

我的三个孩子都清清楚楚地知道：只要他们犯了上述禁令的第一和第二项，我都会毫不犹豫地扬起藤鞭。

我轻易不动手，一旦动手，必定确保那不是一场令他"皮痛肉不痛"的小游戏，所以，一经责打，终生铭记。

可君小的时候，长得像个洋娃娃，每回当她以晶晶发亮的大眸子看着我，一字不漏地将"三不政策"倒背如流时，我便有一种爱入心坎的感觉。可是，一旦她触犯规条，我绝对不会因为心软而手下留情。

在她整个成长历程里，我只打过她两次，一次是上述的茶几事件，另一次是因为她触犯了"不准无礼"的戒条。

那一回，要求我买一个售价五十多元的名牌铅笔盒而被我拒绝了，心情不好，后来，便借题发挥，对我大吼大叫，我二话不说，走上前，站定，伸出手来，重重地掴了她两记耳光，接着，我看着她的眼睛，冷静地说：

"女儿，记得，今日，以至今后长长的一生，不准、不能再用这样的方式、这样的口气来与我说话。"

可君原以为一向把她疼入心坎的我，绝对不会出手打她，经过了这个事件，她知道我言出必行，从此，不敢再犯同样的错误。

也许有人觉得奇怪，我疼她如珠如宝，怎么竟不肯答应她的要求，买下那个铅笔盒，哄她高兴高兴呢？而这，又涉及我个人的价值观了，如果花五块钱便可以买到一个实用而又耐用的铅笔盒，为什么要花十倍的价钱来买个培植虚荣心的名牌货？如果那个名牌货对于孩子真的有着不可抵挡而非买不可的魅力，那么，孩子就应该自己把零用钱攒集起来，自行购买。

"打在儿身，痛在娘心"，确实如此。但是，话说回来，今日孩子皮肉不痛，他日，父母心头长痛。

正是"长痛不如短痛"呵！

因材施教

对于为人父母者来说，有个现象，既奇怪又有趣。

明明是同样的生活环境，明明是一样的管教方式，可是，在同一个家庭成长的孩子，却有着南辕北辙的性格。正因为这样，家庭生活，也就呈现出斑斓多彩的面貌。

老大方义是个多动儿。

他不但坐不稳，连走路都是一蹦一跳的。每次带他过马路，我都心惊肉跳，因为他不喜欢被我牵着手、规规矩矩地走；他好像一匹脱缰的野马，完全不按牌理出牌，"呼"的一声，便在川流不息的车辆间冲到马路对面去，留下目瞪口呆的我，愣愣地站在原地。

有一次，带他回娘家，那一夜，刚好碰上整区停电，月亮又休假，处处伸手不见五指，车一停下，车门一开，他便在一团漆黑里化作一支出弦的箭。前方有条深达两三尺的沟渠，我高声大喊："小心！"可是，话还没说完，凄厉的叫声便传了过来，果然不出所料，他掉进了沟渠。我一步一脚印地摸索到沟渠旁，万幸的是，当时不是雨季，沟渠是干涸的。我出尽九牛二虎之力，将挣扎哭嚷的他拉了上来，触手处濡湿一片，血腥之气扑面而来。我顾不得回家看爸妈了，火烧火燎地将他送往诊疗所。

带他去看戏，更糟。要他安安静静看完整出电影，根本就是天方夜谭，他会在位子上扭来扭去、跳上跳下，弄得前后左右的观众怒目而视，大煞风景，最后，我只好"半途而废"，灰头土脸地带着他落荒而逃。

有一回，我到邮政局去寄信，嘱他在车上等我。原以为只要一两分钟，没有想到，人多，花了五六分钟。来到停车场，正好看到我这七岁的儿子落力地搬动着石头，堆在车轮后面，我诧异地问："喂，你干什么？"他一本正经地答："我要看看车轮压过这些石头之后，会不会爆胎！"

最尴尬的一次经验是在牙医室里。那年，他读小一。我从学校接了他之后，便赶去补牙。他要求看我补牙，再三再四地承诺他会乖乖地坐着不动，没有想到，正当牙医以电动的补牙器材全神贯注地为我补牙时，他却突然把牙医室当成了学校的田径道，精力十足地绕着圈子跑了起来，一圈又一圈，一圈再一圈，我的嘴巴大大地张着，却出不了声，心惊胆跳，冷汗涔涔，如历酷刑。好不容易补完了牙齿，他呢，却还意犹未尽地跑个没完没了。

回家后，罚他站半个时辰。站不一会儿，便苦着脸，把闹钟拎到我跟前来，说："妈妈，闹钟坏了。"

我略略检查了一下，没好气地应道："哪儿有坏！"

他在地上翻了一个筋斗，说："我好像站了一个小时呢,为什么这个闹钟走得那么慢!"

对于一个多动儿来说,要他木立不动,简直就像是要了他的命!

开始时,我不了解多动儿的特质,因此,一律以"调皮"来解读他的一切行为,当他一再闯祸后,当然也得相应地承受惩罚;后来,知道他是多动儿,我便通过较为积极的方式,帮助他消耗多余的精力。

我让他学游泳、学打功夫、学骑自行车,当他像一条鱼般在水里上上下下地游动时、当他拿着一根长棍或左或右地挥来舞去时、当他在附近的小公园骑着自行车飞般地来来去去时,他永远都用不完的精力也就有了正常的发泄管道;我呢,也就不必整天担心他有一天会把屋子一块一块地拆下来了!

老二方德,是只温驯可爱的小绵羊,他谦虚忍让,是家里的和平大使。可是,他常常让我想起中国广州一位姜姓教授的隐忧。姜教授家有独女,她自小为女儿灌输"礼义廉耻"等传统道德观念,女儿成长之后,温和、恭谨、顺从、善良。可是,宛若绵羊的她一进入社会,便发现处处都是凶恶阴险的山羊,尖尖的角,阴阴地闪着锐利的亮光,每每被山羊逼到了墙角,她只能一无是用地掩脸而哭,长此以往,已经遍体鳞伤的她,究竟还能支撑多久呢?姜教授迷茫地问我:"我把女儿教养成绵羊,难道我做错了吗?"

我想，她是错了。

绵羊型的孩子，就是草莓型的孩子，外表亮丽，光彩照人；内里柔软，不堪一击。我们在把孩子教养成绵羊的当儿，应该为它同时装上一对羚羊的尖角，以应付不时之需。

有个听来的故事，深得我心，为人父母者，能够从中得到很好的启示。

一名少女，在外面遇到不如意的事，回家向母亲哭诉。母亲一声不响地到厨房去，取出了三只锅子，注满了水，各放入不同的东西，生火而煮。这三样东西是：鸡蛋、萝卜、咖啡。少顷，取出，向女儿展示。她说："瞧，这锅沸水，等于是环境的严峻考验。萝卜表面上看起来坚不可摧，可是，经过沸水一煮，就变得软绵绵地不堪一击了。鸡蛋呢，蛋壳里裹着的蛋白与蛋黄，都是流质的，给人的感觉是一戳就破的，然而，高温煮熟之后，却呈现出坚挺硬实的另一面。至于咖啡呢，未煮之前，香味若隐若现，似有还无，可是，水愈沸，它愈香；煮愈久，味愈浓。"说毕，母亲看着女儿的泪眼，言简意赅地下了结论："亲爱的，人生，是很大的一锅沸水，你想做萝卜、鸡蛋还是咖啡，全由你自个儿决定。你要有个绚烂的人生或是萎靡的人生，全取决于你的态度。"

我常以说故事的方式给孩子灌输各种各样的价值观与人生观，而在故事里，没有主见的懦夫，永远是被取笑的对象。我希望这些故事能对小方德起潜移默化的作用。

正当我想方设法为小方德安装一对尖尖的羚羊角时，发生了一件让我心生歉意的小事，也正是这一件事情，使我看到了小方德另一面潜藏着的性格。

在他读小一时，有一种小玩意儿，深受孩子欢迎。那是一种五颜六色的玻璃球，每一颗的设计不同、颜彩各异，十分漂亮。男孩聚首，常常喜欢拿出五彩玻璃球来"打仗"，他们将玻璃球一字排开，以食指弹打，如果一举击中对方的玻璃球，那么，便可以据为己有了。游戏虽然单调，却给当时平淡的生活带来了几许刺激。小方德利用自己的零用钱去买玻璃球，然后，将不啻拱璧的玻璃球郑重其事地收在他最心爱的巧克力盒子里，一有空便拿出来把玩。升上了小二，依旧视如瑰宝。小三之后，不见他玩了，只是，那个盒子依然端端正正地放在橱子里的显眼处。

他升读小四后，有一天，我大扫除，看到了这盒玻璃球，心想，这玩意儿已经过时了，搁着占地方，于是，便整盒丢进屋外的垃圾桶里。他和哥哥打球回来后，喝了水，上楼去了。不久，楼上便传来了他惊天动地的喊声："妈妈，妈妈，我的玻璃球呢？"接着，"乒乒乓乓"一阵楼梯乱响，他苍白着脸，冲到我跟前来，重复着刚才的话："妈妈，我的玻璃球呢？"我避重就轻地答："你已经十岁了呀，怎么还要玩玻璃球呢！"他执拗得像一头牛，不依不饶地问："我要我的玻璃球，妈妈，你放在哪里？"

因大扫除而忙得十分疲累的我，没好气地答："丢掉了！"
这个一向乖巧的孩子，在大大地发出了一声悲叹之后，突然痛哭失声，哭声之凶、之猛，前所未见；哭声之大、之响，闻所未闻；他简直是撕破了喉咙哭的，我仿佛看到了血丝渗进了他的哭声里，这种情况，前所未有。

在他的哭声里，有个凄凄惶惶的女孩突然在记忆里清晰地浮了出来。

女孩十二岁，同样在哭，哭得心魂俱裂。她哭泣的原因是母亲把她心爱的洋娃娃丢掉了，母亲的声音，隔了许多年，还清清楚楚地萦绕耳畔："你已经那么大了，还玩什么洋娃娃！"

啊，这是我曾经承受过的痛苦，为什么当了母亲之后，竟然忘得一干二净呢？

我飞快地冲出屋外，把垃圾桶翻转过来，在那一包一包的垃圾里翻寻被我丢掉的那个盒子，终于，找到了，大大地松了一口气。回返屋子里，把盒子拭擦干净，递给还在嚎哭不已的小方德，心里千百遍地说着："对不起，对不起，对不起啊，宝贝，对不起！"

事后回想，发现这只小绵羊可不是逆来顺受的，知道他不是任人鱼肉的懦夫，我反而安心了。

父母常常在不知不觉间做出一些伤害孩子心灵的事情，最大的原因在于我们总是站在高处把自己看成是权威，然后，将自己的看法硬生生地套在他们身上，又以长辈的身份为所欲为。

我们对孩子的尊重不够。

这件事情给我带来很大的冲击，此后，我便不曾再随意处置或丢弃他们任何东西了。此外，在他们整个成长历程里，我也不曾随意拆阅他们的信件或翻阅他们的日记。

我给予他们应有的、足够的尊重。

老三可君，是只小辣椒。

精灵、慧黠、活泼、有创意。

有一年的母亲节，她从英伦给我寄了一张卡片，我一看，便遏制不住地哈哈大笑。她在卡片里写道：

"妈妈，您还记得我们共同的老朋友青蛙先生吗？我今日选读法律，还得归功于它呢……"

那时，她三岁多，正处于最爱说话的年龄。

每天，当夕阳像魔术师一样以薄薄的余晖将大地染得金碧辉煌时，我也在厨房里当神奇的魔术师。对我而言，将一把把的菜、一块块的肉转化成一道道五彩缤纷的美味佳肴，就是一种百玩不厌的魔术。

当我高高兴兴地炊煮时，可君就坐在小小的凳子上，等吃。

奇怪的是：每天这个时刻，有只青蛙，一定会快快乐乐地跳进我家门，纹丝不动地蹲在壁橱处，像个深思熟虑的哲学家；有时看着它，不免戏谑地想：不知哪一国的王子迷失了道路，流落到这里来。更奇的是：每每炊煮完毕而暮色铺天盖地地落下来时，它便知情识趣地跳着离去，潇潇洒洒，不带走一片云彩。

一日，突发奇想，决定利用这只每天风雨不改地报到的青蛙来训练女儿的口才。于是，我努力控制唇形，把声音从鼻子里挤出来，怪声怪气地说："喂，我是青蛙姐姐，你好！"女儿又惊又喜，一下子从小凳子蹿了起来，拉着我的衣角，兴奋莫名地说："妈妈，青蛙会说话哪！"我恢复了原来的嗓音，应道："唔，它一定是读了很多书，才学会说话的！"女儿蹲在它面前，快乐地搭讪："嗨，青蛙姐姐，你家在哪里？"青蛙一动也不动，可是，一串串的话，却顺顺畅畅地从它抿得紧紧的嘴巴里"溜"了出来。青蛙是安徒生的忠实读者，青蛙也熟知 1001 个"天方夜谭"的传说，每天面对着小可君，它总有说不完的故事，小可君听得如痴如醉，墨黑的大眸子闪着快活的笑意。有时，青蛙也自撰故事，故事里总不着痕迹地贯串着"礼义廉耻忠孝悌"等传统价值观。淘气的青蛙也不时和小可君"唇枪舌剑"地进行剧烈的辩论，你一言、我一语，谁也不让谁，偶尔词锋太锐，伤了小可君，她便抱着我双腿放声大哭："妈妈，青蛙姐姐欺负我！"这时，无中生有的我，赶紧充当鲁仲连，对那"代罪羔羊"说道："青蛙，快点道歉，不然赶你回家。"青蛙乖乖说道："对不起，好妹妹！"我至此又把握时机进行教育："说错话、做错事，便得道歉，一人做事一人当，知道吗？"小可君与青蛙齐齐应道："知道啦！"每天，当青蛙在浓浓的暮色里跳着离去时，天真无邪的小可君总追在后面，殷殷嘱咐："青蛙姐姐，明天早点来呵！"

第二天，母女俩又在厨房里兴奋难抑地等着青蛙姐姐大驾光临了。

这个游戏，一玩便足足玩了一年多，后来，屋子进行大装修，飞沙走石，青蛙绝迹不来，才停了。

小可君慢慢地长大，嘴皮子像刀，越磨越利，我虽然一向自诩能言善道，可是，一和她对垒，便自动败下阵来。她年纪虽小，可是，逻辑思维很强，说起话来，头头是道，即使是强词夺理，他人也难以辩驳。最为可怕的是：她会为自己不合理的行为找到合乎情理而令人不得不接受的解释。

一夜，外出归来，两个哥哥都上楼歇息了，唯有她，躺在沙发上看漫画，不时发出"咭咭咭"的笑声。我在厨房，一面整理买回来的东西，一面喊道：

"很迟了，快点上楼睡觉啦！"她充耳不闻。再喊，她依然"风雨不动安如山"。我冲出去，正想骂她，她却抬起了那双墨黑的大眸子，一脸委屈地说："妈妈，你那么忙，可是，哥哥却自顾自地去睡了，我特地留下来陪你，你却对我大声喊小声叫，太不公平了！"喔，一副"我不下地狱，谁下地狱"那种正义凛然的样子！说这话的女儿，年方六岁。

她做过的许多事情，都让我哭笑不得，心里憋得难受，偏又骂她不得。

我通信量大，买了许多邮票，根据面额的不同，分门别类地放在透明的小盒子里。为了贪求方便，每种面额的邮票都买了上百张，五分钱的、两毛的、四毛的、六毛的、一元的，应有尽有，五彩缤纷。

有一回，在学校假期里，我接受邀请，独自一人飞赴中国，参加文艺活动。

一周后，回返家门。次日，写了多封信，可是，拉开抽屉找邮票时，我却忍不住惊呼出声：

"啊——啊——啊——"

邮票，全都不翼而飞了，只剩下空空的小盒子，像一个个诡谲万分地张着的嘴巴。

那些邮票，数量极多，即使用上一两年，也不虞匮乏，现在，到底是谁将它们用个精光的？

我扑到日胜面前质问他，没有想到他竟一脸迷惑地应道：

"没有啊，我半张也没拿！"

那么，是孩子啰？

我飞蹿上楼，推开可君的房门，还没开口，血便往脑门子冲了，天啊天！我的邮票，不计其数的邮票，一枚一枚、无数枚，铺天盖地地粘在她的书橱上，好像贴了壁纸一样，缤纷亮丽。

我听到了自己山崩地裂的声音：

"你！你干吗拿我的邮票来玩？"

当年才七岁的小可君，正趴在桌上绘画，五彩蜡笔天女散花似的散置一桌。闻言抬起头来，毫不畏惧地迎着我愤怒的目光，镇定地说：

"咦，你不是说过我可以随意装饰我的房间吗？"

是，是的，我的确说过这话。

为了让孩子发挥创意，我曾经说过，他们可以随意装饰布置自己的房间。两个儿子并没有"滥用"这项权利，唯有女儿，以天马行空的想像力，把她房间的墙壁画得乱七八糟，甚至，连那张粉红色的塑胶椅子也被她涂得没有一寸净土。

"你可以在橱子上画图，可是，为什么你要动用我的邮票？邮票是用来寄信的，你懂不懂！"

"我不懂。"她老老实实地应道，"我以为是贴花。"

"贴花！"我咆哮着说，"你不懂为什么不问！"

"你出国了，我怎么问呢？"她说，大大的眼睛眨巴眨巴的，"妈妈，对不起！"

句句都有理，再说，她又道歉了，我还能怎样呢？

咬了咬牙，把这口气吞了。

过了不久，又发生了一件几乎把我气炸了的事。

我花了将近两百元，买了一瓶名牌香水，搁在卧房里。一日，坐在电脑前写稿，忽然，一团一团香气悠悠然地飘进了鼻子。最初不以为意，后来，香气愈来愈浓，我起了疑心，直奔卧房。哎哟，我亲爱的女儿正拿着我那瓶尚未启用的名牌香水，拼命按、死命喷，地上有只蟑螂，在氤氲的香气里，"受宠若惊"地扭来扭去，一团一团香气，像肥肥的雾，盈盈满满地浮在房间内。我大声喊道："干什么，你！"她转过身来，邀功似的咧嘴笑道："妈妈，你怕蟑螂，我帮你杀！"我气急败坏地夺下了她手中的瓶子，生气地说："这是香水，哪能杀蟑螂！"她委屈万状地指着那个瓶子，说道："明明是毒药嘛！"才瞥一眼，我满腔怒气便戏剧化地转为满脸忍俊不禁的笑意，黑色底子的香水瓶上，清清楚楚地印着一个金色的词："POISON"（毒药）。哎哟，香水商这个标新立异的名字，可真害惨了我！

女儿看我一忽儿发怒，一忽儿发笑，心里可能想：

"嘿，真是个古怪的妈妈！"

小可君年龄渐长，识字渐多，到了十岁，便开始以字条来表达心意了。

小小一张字条，包裹着一个丰富多变的世界；时而听到她清脆的笑声，时而看到她斑驳的泪痕。最妙的是：它神出鬼没，常常在意想不到的地方出现，我也因此有了许多意料之外的惊喜；当然，也有的时候是"有惊无喜"。

晚上出门回来，在枕头底下摸出的字条，是这么写的：

"妈妈，等您等到十点多，太累了，撑不住，要先睡了，您欠我一个吻。以后出门，记得不要太迟回家。"

朋友来访后，在电脑的键盘上，找到这一张：

"刚才您在朋友面前批评我，太不应该了，把我养到这么大，却任意伤害我的自尊心，真叫我难过。我觉得您不是一个好妈妈，您要检讨自己。"

闹过别扭后，这张字条，压在闹钟下面：

"妈妈，我知道错了，我是您亲生的，而且，是唯一的女儿，您忍心不原谅我吗？"

最可爱的一张，是在冰箱里找到的：

"妈妈，我爱您我爱您，爱您爱您爱您！我的爱，太多太多了，就算搁在冰箱里很久很久，都不会冻坏的！"

形形色色，这里冒一张，那里摆一则，使我单调的生活异彩纷呈。

偶尔心血来潮，她也会变点小花样。有一回，外出归来，在卧房的大镜子上，看到了她以牙膏涂写道："妈妈，我爱您！"字写得非常大，横跨整面镜子，毋庸置疑，几管牙膏，全都"报销"了。事后，洗刷镜子那繁琐的功夫，嘿，不谈也罢！

每年到了母亲节和我的生日，她便会锁上房门，忙忙碌碌地"大兴土木"，将创造力发挥到了极致。一年两度，设计各异，绝无重复。有时，送来一把合得紧紧的长形扇子，轻轻打开，哟，散在扇子上的字，像以蜜糖铸成的，甜入心坎；有时，送上一个打着蝴蝶结的精美瓷盘，在盘子上以文字将我描绘成一个十全十美的妈妈，虽然明知言过其实，却还是心花怒放地照单全收；有时，将甜言蜜语写在大若巴掌的硬卡纸上，再以绳子串起来，好似一册微型小说，读着时，眉眼鼻唇全都涌出了星星点点的笑意，觉得自己实在是个很不赖的妈妈哪！

如果说我的女儿是一只鸟，那么，身为母亲的我，最大的愿望不是在瘦瘦的树上给她营造一个舒适的小巢，而是给予她所有的支持和鼓励，给予她应有的自由和自主，让她顺遂自己的心意，在蓝空里追寻属于她自己的梦！

[第八章]

碗中有乾坤

鸡腿谁吃

问一个有趣的问题：

"如果桌上有只白斩鸡，那么，皮滑肉嫩的鸡腿谁吃？"

朋友当中，百分之百会给予我同样的答案：

"当然是给孩子吃啦！"

根据华人的传统观念，孩子是家中的小皇帝，最好的、最香的、最可口的，通通都得给他，都得让他。

遗憾的是，大家都没有想到，这样做，就等于是把一种全然错误的观念通过潜移默化的方式传达给孩子，让他以为他能够为所欲为地呼风唤雨，长辈呢，就该事事让步、时时让路。

曾看过这样一个活生生的例子：

一名母亲和八岁的儿子坐在一块儿用餐，孩子将自己所不喜欢的食物当成垃圾，毫不客气地甩到母亲盘子里；然后，叉子一伸，大模大样地从母亲那儿将他喜欢的食物取过来，毫不顾及母亲的感受。至于母亲呢，笑眯眯地任由他去。她像是绚丽的棉花糖，孩子任性地把她搓来捏去，她狼狈地失去了自己的"形状"，心里却还兀自甜着、甜着……

有个故事，已老得掉渣，可是，说的人和听的人都没有从故事中得到应有的启示。

故事中的妈妈，在孩子很小的时候，便刻意告诉孩子，她不爱吃鱼肉，只爱啃鱼头，结果，孩子欢欢喜喜地把嫩嫩滑滑的鱼肉吃个精精光光，妈妈呢，永远只能吮吮那多刺无肉的鱼头。孩子长大后，误以为妈妈真的喜欢吃鱼头，便永远以鱼头去圆妈妈无欢的梦。

妈妈那则白色的谎言，他们听不懂。

另一种情况是：他们知道妈妈也爱鱼肉，但是，自小养成那种"老子天下第一"的心态，早已无从也无法纠正了，满足自己的欲望才是最为重要的，爸爸妈妈喜欢吃什么，管它！

其实，就我认为：身为母亲的，如果喜欢吃鱼肉，就应该大大方方地与孩子一块儿享受那雪白嫩滑的鱼肉，倘若哪天鱼大，大家便多吃一点；哪天鱼小，大家就少吃一点，这才算是真正的"有难同当、有福同享"嘛！又何必自我委屈地隐瞒事实、自我虐待地啃食那"刺多肉少、弃之可惜"的鱼头！（当然，真正嗜食鱼头者又另当别论！）

说到"有难同当"，我就不由得想起发生于非洲的一则小故事。

有个村庄，发生饥荒，饿殍遍地。一名母亲，决定带着三个稚龄孩子穿越茂密的森林，到另一个村庄去投奔她的亲戚。很不幸地，在幽深广袤的森林迷路了，不出几天，母子三人随身携带的干粮吃罄了。呼天，天不应；叫地，地不灵；正发愁时，发现了一棵树，树上长着浆果。母亲把浆果采了，让三个孩子吃；可是，自己死忍饥火，半颗都不碰，最后，活活饿死了。三个孩子靠着那袋浆果，又维持了几天。浆果吃完后，有两个不支倒下，最终获救的只有一个。

故事传开后，人人歌颂母爱伟大，可我却觉得那母亲很不智。"留得青山在，不怕没柴烧"，倘若她当时够理性地与稚龄孩子分吃那袋浆果，也许不久后便会在丛林里找到第二棵、第三棵、第四棵、无数棵浆果树，这样一来，母子四人都能活命了。而今，只因为母亲有感性，没理性，两个孩子便白白饿死了。

由此可见，愚忠固然不行，愚爱也是万万不行的。

二十世纪九十年代初期，我到捷克旅行，有个真实的小故事，很深很深地触动了我的心。

当时，这个封闭多年的国家刚刚开放，物资匮乏，所有外来的物品价格不菲，而香蕉，正是昂贵的舶来品；买一整束香蕉，是令人咋舌的豪举，因此，水果摊子上的香蕉，不是成束成束地出售的，而是拆散成一根一根地摆卖的。

这个动人的故事，就是当地人告诉我的。

有一回，他袋有余钱，决定买根香蕉给年过八旬的老妈妈解解馋。老妈妈看到那根黄澄澄宛若金条一般的香蕉，双眼立刻绽放出快乐的亮光；然而，看着、摸着，终究不舍得吃，趁儿子不注意，悄悄地藏了起来。傍晚，孙子放学回来，她才一脸喜色地拿出来，给他。孙儿看到这条宛若天上弯月的香蕉，两眼倏地射出兴奋的光芒；他看着、摸着，竟也不舍得吃，静静地把它藏了起来。天亮时，在工厂轮值夜班的母亲回来了，他才满脸得意地拿出来，给她。母亲看到这条好似金铸珍品般的香蕉，双眸霎时流出了温柔的笑意；看着、摸着，无论如何也不舍得吃。等到辛劳的丈夫回家后，她才献宝似的将香蕉拿给他。一家之主看到这香蕉经过"九曲十三弯"后，又回到自己手上来，眼泪不由得就涌上了眼眶。原本已经熟透的香蕉，经过一轮又一轮的折腾后，早已变得十分糜软了。结果呢，一家之主拿了一把刀子，将它切成几片，全家老幼分着来吃。

触动我的，是故事里敬老的概念和分享的哲学。感动我的，是好像强力胶一般把家庭成员粘在一起的那份浓浓的爱。

在我的家庭里，老者永远排第一。最好的、最香的、最可口的，永远先给他们；其次，才是我们夫妻俩；再次，才是孩子。

想想看，处于风烛残年的老人，人生道路已经走了大半，我们还不该好好地让他们颐养天年、尽情享受口腹之欲吗？至于我们自己，天天为生活拼搏，劳神费心，还不该好好地宠宠自己吗？孩子年纪小，前头的路，很长很长，要吃香喝辣，机会多的是，可为什么现在就把最好的、最香的、最可口的给他们？

在饮食这一码事上，我坚守一大原则。

如果我请亲爱的爸爸妈妈来家里共用晚餐，我一定会烹煮他们最爱吃的菜肴；如果我带他们上餐馆去，我也总会把桌上最好的东西先放进他们的碗里；其他的才轮到我和孩子们分着吃。

回想昔日，我的父母亲，在那遥远的年代里，不也正是这样对待我的祖辈吗？胖胖的父亲总殷切地把好鱼好肉朝白发爷爷的碗里搁，把那个白底描着蓝色花纹的饭碗塞得满满的，白发爷爷露齿而笑的画面，一直是我童年很温馨的记忆。

长幼有序这样一种美好已极的伦常关系，必须通过现实生活里大大小小的事件具体呈现，切切实实地渗入生活里的每一个细节去，也只有这样，这个优良的传统价值观才能一代接一代地传递下去。

倘若没有其他长辈与我们一起用餐，我便是餐桌上"最高的权威"。

家里常常出现这样的局面：

桌上有鸡（或炸得金黄脆亮，或蒸得皮嫩肉滑），两只鸡腿，自炫自得地闪着碎钻似的油光。稚龄的孩子，手中拿着叉子，仰着头，问道：

"妈妈，谁吃鸡腿？"

我一面把鸡腿扯下来，一面应道：

"上一回，是你和弟弟吃；这一回，轮到我与你爸爸吃。"

说毕，快乐地把肥嫩的鸡腿分别放到自己和枕边人的盘子里……

傍晚，薄薄的阳光穿窗而入，余晖给厨房的墙壁涂上了一层灿烂的金黄。

稳稳地坐在煤气炉上的那只瓦钵，煮的是莲藕汤，我以老母鸡、干贝、枸杞子、红枣、章鱼干一起熬煮，已经熬了长长的四个小时，飘浮在厨房里的香味，让人神思恍惚。就在这一缕一缕香味中，我心情愉快地为家人准备晚膳。快手炒了一盘洋葱牛肉，又以菜脯和蛋沫煎了一个金光灿烂的大蛋饼，再用蒜泥炒出一盘翠绿的青豆。

刚刚做完这一切，我便听到了校车停在屋子外面的声音。

方德和叼君，都在附近的恒力小学读书。那一年，方德读三年级，叼君读二年级。

走出屋外，天边仍有一抹余晖，艳丽的橙红色，非常美丽。孩子背着书包从校车上跳下来，活泼地喊道：

"妈妈，妈妈！"

把他们迎进屋里，等他们洗了澡，桌上已碗筷齐全、饭菜全备了。

一家大小围在桌边，开始了幸福的晚餐。

孔子"食不言、寝不语"的戒条，在我家是用不上的。

孩子在胃口大开地扒饭吃菜时，也口沫横飞地说东道西。

方德说他班上的同学国强今天在班上被老师罚站，因为他没有做作业。他为国强打抱不平地说："他的作业本子丢失了嘛，怎么做！老师没有问清楚原因便罚他站，很不应该呀！"我问："是谁弄丢了他的作业本子呢？是老师吗？"他摇头应道："当然不是。"我又说："那么，到底是谁弄丢的呢？"他说："国强自己啦！"我说："国强已经读三年级了，他必须为自己的行为负责。老师罚他站，其实就是要让他明白，没有照顾好自己的作业簿，就是一种失误！"

这时，素来话不多的长子方义也不甘寂寞地开口了，他说："就算国强有错，老师也不应该罚他站。"我看着这个已读中二的男孩，诧异地问道："犯错受罚，不是天经地义的吗？"他振振有词地应道："错分两种，一种是故意的，一种是无意的。故意犯错，当然应该受罚；可是，国强不是故意弄丢本子的，更不是故意不做作业的，老师干吗要罚他！"

小小一番话，却引起了我的深层思考。

身为家长、身为教师，当孩子与学生犯了大大小小的错误时，我们的的确确会在未曾深究原因的情况下便给予责罚，实际上，就教育的意义而言，探究犯错的原因，比进行责罚本身，更为重要。

经过深思之后，我有了一颗更为宽容的心。

在学校里，我总是在学生犯错时，给予他们解释的机会，如果原因是可被接受的，我通常便会放他们一马，不会拘泥于校规而进行不近人情的责罚。有时，即使校方坚持，我也会据理力争。

教育，是双程而非单程的，当我们在进行教化的工作时，我们也同时在接受对方的"教导"。可别小看年轻一辈的观点，有时，可能会有醍醐灌顶之效哪！

由于我一直都把共用晚餐当作是全家交流的美好时光，因此，成人小孩都必须严格遵守"二关二开"的家规。

所谓"二关二开"，指的是：晚餐时间一到，必须"关电视、关电脑，开心品尝、开口讲话"。

多年以来，家中人人严格遵守，早已养成老习惯；如今，孩子虽已长大成人，依然恪守着这条美丽的家规。

实际上，这条家规是我父母当年立下的。

在我的成长岁月里，晚餐是家中的一件大事。为了好好品尝母亲精心烹煮的菜肴，父亲往往会在晚膳时分把电话听筒收起。我们总是边吃边谈，毫不设防地畅所欲言，可别小觑这种看似漫不经心的交流，因为许多错误的概念和观点，总能及时得到父母亲刻意的纠正。

许多家庭，以我难以苟同的方式来处理一家子的晚餐。

就以我的远亲为例吧，饭菜煮好之后，端放在桌上，谁有空，谁就去拿来吃。三个孩子，到了吃饭时间，一个看电视，一个玩电脑，只有一个坐在桌旁，挑肥择瘦地把盘中菜肴拨弄得像一堆乱线。更糟的是：佣人所煮菜肴有时不合胃口，大家都罢吃，另外打电话去订快餐，一桌好饭好菜便被白白糟蹋掉。

家无家规，家不像家；孩子行为放任，人人各自为政。

有位朋友，孩子沉迷于每天傍晚七时至八时播放的电视连续剧，为了迁就孩子，她让他们坐在电视机旁，手捧盘子，边吃边看。孩子在这种情况下用餐，当然是食不知味的；而这，完全不符合我"美食教育"的原则。再说，花了老半天时间准备膳食，却任由他们如此不辨甜酸苦辣地囫囵吞枣，岂不是"搬起石头来砸自己的脚"？

非常感谢我的父母亲，通过潜移默化的"美食教育"，为我训练了敏锐的嗅觉和味觉，给我的人生增添璀璨异彩。

有了孩子后，深谙"美食教育"的重要，原本对烹饪一窍不通的我，便很努力地通过各种渠道，努力学习，发奋图强。

起初，我报名去上烹饪课，后来发现"一匙盐、两匙糖、三匙酱油、四匙酒"地向别人一板一眼地拜师求艺，不如径自往书中寻找黄金屋，靠着自学的方式求取人生大幸福；反正烹饪这码事嘛，举一反三，触类旁通。

于是，我到书店去，大事搜购各类不同的烹饪书籍，什么《培梅食谱》啦，《鸡肉食谱 100 道》啦，《吃鱼专帖》啦，《四季家常菜》啦，《点心大全》啦，《健身汤类》啦，等等，悉数网罗。

当时，对我帮助最大的，是台湾味全出版社出版的《中国菜》，编著者是黄淑惠。书内所收食谱，包罗万象，鸡鸭鱼肉、青菜豆腐，无所不有；蒸、炸、煮、炒、烩、炖、焖、烤，样样齐全。最重要的是：简单易学，烹煮出来的食物又美味异常。拜这食谱为师傅后，我会做一些听起来名堂很大的菜肴，比如：宫保鸡丁、红烧牛腩、西湖醋鱼、干烧明虾、干煸四季豆、锅塌豆腐，等等。在家人"哇哇"连声的惊叹里，自我感觉极好。

掌握了烹饪的基本要诀后，便精益求精，更上一层楼。这时，朋友便成了我的学习对象了。我学习的大原则是"绝不二问"，换言之，我只问一次。因此，问得极精，问得极细；之后，便自行实验，自行改进，绝不"扰人、烦人、缠人"地一问再问。因此，在我虚心求教时，朋友们都乐于为我指点迷津。

集思广益，日积月累，越学越多，中餐、西餐、点心，样样都掌握了一点。然而，烹饪学之博大精深，着实令人叹为观止。日日学、时时学，依然学之不尽。

我虽然只掌握了皮毛知识，却也大大地改善了家里膳食的"素质"。

我日日变新花样，桌上菜肴，长达一个月都不会重复；晚餐，因此成了孩子们心里的渴望与期盼。

女儿念小学时，曾经对我说过的几句话，是我一生一世的感动。她说：

"妈妈，每天一放学，我总是全班第一个冲出课室的，我好想快点赶回家吃你做的饭菜啊！"

糅合了爱的美味佳肴，是一条牢固的绳子，能够紧紧地拴住孩子的心。

女儿负笈伦敦后，在写给我的电邮里，有这么一段话：

"妈妈，屋外寒风凛冽，足不出户地待在家里，您知道我最想念的是什么吗？是您烹煮的火腿冬瓜汤，汤里面，浮浮沉沉的是一粒粒蘑菇、一颗颗萝卜丁，还有细细碎碎的大葱，鲜甜而又香浓；妈妈啊，一碗，我只要喝一碗，立刻便精神大振了。可是，现在，除了喝西北风，什么都喝不着！"

呵，如果可以邮寄，我会立刻煮一大钵冬瓜汤寄过去，让她美美地喝上整整一个月！

糅合了爱的美味佳肴，是一条长长的绳子，孩子纵然到了千里以外的地方，依然还是心系家里的。

有些父母会刻意花费心思为孩子炖各种昂贵的补品，诸如燕窝啦，人参啦，冬虫夏草啦，等等。

我不。

因为我认为只要饮食均衡，孩子所需要的种种营养和维他命，都可以从饮食中摄取而得。正因为这样，我不许他们偏食、择食。桌上有什么，便得吃什么，不许挑肥拣瘦。

珍惜粮食，也是我的家训之一。盘子里的菜呀肉呀，碗里的汤呀饭呀，必须吃得精精光光、点滴不剩。一米一饭，得来不易，糟蹋粮食，天理难容。为了避免浪费，我在准备餐食时，绝对不会供过于求，总是够吃就好。长期不断地进行身教与言教，孩子都得着了正确的信息，不会随意浪费食物。

由于我们夫妇都喜欢美食，因此，我们常常举家上餐馆，品尝各式佳肴。这时，我会发挥"民主精神"，由他们自行点菜；不过，万一所点的菜肴不合胃口，他们依然必须吃完。

有些父母，会担心某类食物燥热、某种食物寒凉，因而禁止孩子吃这吃那。我不。因为我认为什么都让孩子吃，他反而会生出

"百毒不侵"的抵御能力。

只有一样东西例外——我严禁孩子们吃"七彩冰雪"。

远在我念小学的时候，街边小贩常常售卖这种七彩冰雪，冰块刨成雪花后，搓成球状，再淋上各式糖浆，捧在手上，边走边吮。糖浆化成了一道沿喉而下的冰河，连五脏六腑都被冻得麻痹。有时，想到上学途中可以捧吃这七彩雪球，一颗心霎时便飞满了快乐的音符。

等到我的孩子出世后，街边小贩已被取缔了，然而，七彩冰雪却"身价大涨"地进了便利店，恃宠而骄。

孩子吃过之后，都对它魂牵梦萦。

明明知道这七彩冰雪对孩子有无穷大的魅力却又偏偏禁止他们吃，好像于理不合。实际的情况是：方义和方德都患有哮喘病，七彩冰雪就好像是一只不怀好意的魔鬼，以璀璨美丽的外表引诱他们，等他们上钩后，这魔鬼便在他们体内兴风作浪，将他们折磨得死去活来。

方义的哮喘病每回发作，整个肺部就变成一架苟延残喘的"抽风机"，传出令人毛骨悚然的噪音；薄薄的胸部也好像大海遭受台风侵袭一样，剧烈地起起伏伏、伏伏起起，一根根瘦瘦的肋骨清晰可见。每当看到他这个样子，我便得快速地扛起他，放进车里，化身为赛车手，超速赶往医院。最可怖的一种情况是：哮喘病在夜里发作而日胜又在国外公干，我独自送他入院，马路阒无一人，幽冥神秘，他在车子后座大口大口地喘气，肺部"丝丝丝丝"地作响，那架支离破碎的"抽风机"，好像随时随地都会停止工作。我又紧张又害怕，每次来到红灯前便赶紧转身往后瞧，一颗心，跳得仿佛会从胸腔里飞出来。

他的哮喘病，使我长期活在梦魇中。

方德呢，也有哮喘病。他刚满一岁时，我便送他去学游泳，希望能借此强化他的肺部，可是，没有用，哮喘病依然不依不饶地缠上身来。每回发作，都哭闹不休；为了照顾他，时时彻夜无眠。

怕他们哮喘病发作，怕得草木皆兵、杯弓蛇影。

有一回，带他们到儿童游乐场去玩，天气极热，又玩得起劲，一道道汗水宛若蚯蚓般在额头蜿蜒而下，这时，朋友一家迎面走来，她的孩子正捧着一杯七彩冰雪津津有味地吃着；两岁余的可君看到了，仰着头，扯着我的衣角，说："妈妈，我要，我要吃冰冰！"我假装听不到，和朋友寒暄；不料朋友的丈夫一言不发地跑进了商场，少顷，捧来了三杯七彩冰雪，一人分一杯。孩子们雀跃万分，眉开眼笑地吃得兴高采烈。

乐极生悲，当天晚上，方义的哮喘病便好像乌云蔽空必定下雨般，汹汹地发作了；我呢，又痛苦万状地将他送进了医院。

从此，下了禁令，不准兄妹三人吃七彩冰雪。可君虽然没患哮喘病，可是，为了一视同仁，无端端成了被殃及的池鱼。

然而，我忽略了，禁令往往是欲望的泉源。我禁得愈严，他们便盼得愈切，有时，看到别人吃七彩冰雪，他们心中强烈得无法遏制的欲望，便变成了一只只无形的手，从喉咙里伸出来，想去攫取别人手中的七彩冰雪；那种双目圆睁、垂涎欲滴的馋相，常常令我难过万分。

有好几次，日胜代他们开腔求情：

"你就让他们解解馋吧，偶尔吃吃，也许更能增强抵抗力呢！"

我斩钉截铁地说："不行！不准！不许！"

心想："三不"禁令，足以和十二道金牌抗衡，谁敢违命？

然而，上有政策，下有对策。

有一回，吃饱饭后，日胜带了三个孩子外出散步。过了好长好长一阵子才回来。进门后，日胜若无其事地躺在沙发上翻读报纸，三个孩子却推推搡搡，挤眉弄眼，兴奋难抑。我看了不对劲，便问："你们怎么啦？"他们露出神秘兮兮的笑容，应道："没什么，没什么！"说完，一溜烟全跑上楼去了！我当时忙着别的事情，也没再追究了。

接着下来，一连好几天，父子几人都在散步回来后，流露出大好的心情。

上得山多终遇虎。

一日，散步回来不久，胖胖的方德突然脸色发白，蹲在地上，哭了起来。

我见他呼吸急促，肺部发出"沙沙"的杂音，知道哮喘病又要发作了，赶快打开药箱，拿喷雾器。

这时，性子老实的方义，突然冲口说道：

"你看你看，刚才已经警告过你不要吃那么多了！"

"吃什么？"我警觉地看着他，厉声问道，"你们在外面吃了什么？"

"吃……吃……"他嗫嚅着，未敢回答。

日胜快步走过来，自行招供：

"我刚才带他们出去，让他们吃了七彩冰雪。"

"什么！"我的脸，黑得可以刮下一层炭。

那一回的哮喘病，足足折腾了好几天才复元。

从此，对他们失去了信任。

有时，日胜带他们出门，我总追在后面，再三再四地警告：

"不许吃七彩冰雪，听到没有？不准、不能、不要吃七彩冰雪，记得啊！"

等他们回来后，我又拿了手电筒，要他们排着队，一个个张开口，让我仔细检查——吃过七彩冰雪后，糖霜往往会将他们的舌头染出一重缤纷的色彩，证据确凿，逃也逃不掉。

次次检查，次次过关。

是他们长大后，才把真相告诉我的：

"爸爸在我们吃了七彩冰雪之后，另外再买矿泉水给我们喝，虽然爸爸没有说什么，可我们知道那是让我们冲洗舌头以消灭证据的。有时，为了确保安全，我们还在喝水后拼命用纸巾把舌头上的颜色擦得干干净净！每次您在家里检查我们的舌头时，我们的心，便'乒乒乓乓'地跳，真是好玩啊！"

天啊！检查舌头，居然成了他们童年印象最为深刻、最为刺激、最为好玩的一件事！

我质问他们：

"如果我发现了真相，难道你们还打算抵赖到底吗？"

他们笑嘻嘻地回答道：

"爸爸说，如果你问，便说实话。可是，你并没有问啊！"

嘿，我这"侦探"，可真够蹩脚啊！

而今，事过境迁，回想这事，觉得日胜其实是做对了。

如果当时他和我站在同一阵线上，也严禁孩子吃七彩冰雪，恐怕便会在孩子的童年留下一个无可弥补的缺憾了——他们是那么、那么地渴望能吃上一杯七彩冰雪呵！

再说，我当时确实是被吓破胆了。实际上，也没有明确的证据显示七彩冰雪和哮喘病是有着必然的因果关系的，因为根据日胜后来的"自首"，他让孩子吃了十来次七彩冰雪，哮喘病才发作过那么一次；孩子们一致认为：

如果那一次哮喘病果真是七彩冰雪引起的，那么，以十多次的享受换取区区一次的痛苦，是值得的！

为人父母常犯的一大错误是：不分青红皂白地把个人的愿望、期盼、快乐、忧愁、恐惧、忌讳，等等，径自放入孩子成长的包袱里，雪上加霜地增加原本不属于他们的负担，让他们活得很沉重。

烹饪是我的一大爱好，可是，我和天下大部分的母亲一样，中了"君子远庖厨"这句古语的毒素，让两个儿子远离厨房，致使他们在十七岁之龄负笈海外时，吃了不少苦头。

以下这篇散文《磨练》，写的便是长子出国前的趣事。

十七岁的儿子，对着砧板上那一大块新鲜的牛肉，一筹莫展地喊道："妈妈，这块肉，怎样切？"

这个临渴掘井的人，下个月，就要离开家里，迢迢地飞到美国去读书了。他就像新加坡大部分在温室里成长的孩子一样，平时在家，过着"饭来张口，衣来伸手"的太子爷生活。现在，接到了美国田纳西州大学的入学通知书，学习烹饪已成了迫在眉睫的一大急事。

为了培养他独立生活的能力，我在校园外面给他租了一所小小的公寓，这就意味着每天三餐都得由他自行烹煮。他听到这项决定，一颗头颅，可就变成了气球，鼓鼓地涨了起来。

我安慰他："别担心啦，我给你开办烹饪

速成班。"

一进了厨房，我便发现，这个数理成绩优异的孩子，掌起勺来，笨拙得叫人生气。我烹饪时，糖酒油盐酱醋等调味品，总是根据现场情况酌量地用，可是，如此这般地示范给他看，他硬是学不来，苦苦哀求："妈妈，您把正确的分量写下来啦！"说着，把台秤取下来，将牛肉放上去，说："您说，炒这五百三十六克牛肉，到底要放多少匙蚝油、多少匙酒、多少匙姜汁？"

这一问，可苦了我，只好一匙一匙地量过，让他一清二楚地写得明明白白。

接着，我把烹饪的秘诀，一项一项传授给他。

他学得很专心，把每一道菜的步骤，一丝不苟地记得仔仔细细。当他的笔记密密麻麻地写满以后，我对他说：

"好啦，现在，要考考你的功力了。冰箱里，鸡鸭鱼肉样样有，做顿晚餐来吃吧！"

他一板一眼地在厨房里忙了起来，我呢，故意远离厨房，好让他独当一面地学以致用。

三个多小时后，大功告成。他放大嗓子，昭告天下。

我施施然地走到桌边，哇，好家伙，居然煮了四道菜，计有：蚝油牛肉、洋葱煎蛋、香煎鸡扒、虾米蒸包菜。

夹起牛肉，一看，唉，啧啧啧，全是打直切的，怕不韧死！

他嗫嚅地说：

"您一直强调不要直切、不要直切；我满脑子都装着直切直切这个词，所以，下刀时，不就直切啦！"

嘿，还归咎于我教导无方哩！

我把那厚厚一块"橡胶牛肉"放进嘴里，作了一会儿"拉锯战"，又生气地说："干吗切得那么厚！"他理直气壮地应道："刀不利嘛！"我问："那你为什么不磨一磨它呢？"他答："您又没教我怎样磨！"

那盘洋葱煎蛋，倒是挺好，金光灿烂的，很是悦目。可是，这么简单的一道菜，居然中看不中吃！鸡蛋内层的洋葱，煎得过火，全都黑了，那蛋，吃进口里，便有了一种难以忍受的焦味。对此，他的解释是："我在做别的事嘛，没注意看火。"

香煎鸡扒更糟，不熟，刀子一切，红红的血水全都流了出来，把人的胃口全都弄瘪了！他惊奇得把双眼睁成了铜铃："煎了整个世纪了，还不熟！"

看来，唯一可吃的，该是那盘虾米蒸包菜了。然而，依然还是不行，咸得好似在尝盐巴哪！他说："我没有秤包菜有多少克，所以，分量拿不准！"

这一役，无疑的，是"滑铁卢之战"，但是，我这儿子，却也上了很宝贵的一课：炊事看似简单，然而，那绝对不是一蹴而就的雕虫小技！

接下来的日子，为了办理各种各样的出国手续而忙得马仰人翻，他再也没有大显身手的机会了！

出国三周，来了第一封信。信里，他说：

"我已安顿下来了，租赁的这所公寓，电冰箱、电视机、微波炉，一应俱全，十分方便。大学距离公寓很近，只要走大约十分钟就到了，然而，去超级市场可就远了，即使走得快，也得花上半个小时。上个星期去采购日常用品，嗳，那包米，真重，把我的肩膀都压弯了。这个城市，生活安静得好像一泓死水，下午上课回来，就没有什么消遣的地方了。说来好笑，我现在生活里最大的娱乐，居然是烹饪！糟糕的是：我的烹饪笔记不见了，在新加坡临时抱佛脚学会的那几道菜，都忘得一干二净了。前几天，我凭记忆煮了一大锅意大利肉酱面，老实说吧，我从来没有吃过比这更难吃的东西！尽管食不下咽，还是得强逼自己硬硬地吞。分量太多了，倒掉可惜，所以，放在冰箱里，一连吃了三天，吃得全身起鸡皮疙瘩！昨天，我去买了一部食谱，然而，翻阅以后，我才发现，书里的烹饪方法太复杂了，学不来。妈妈，如果您有空，请您再为我写一些简单的菜谱来救急，我再也忍受不了我自己所煮的食物了！"

离家方知父母恩。

这个原本茶饭无忧的孩子，如今却面对着柴米油盐酱醋茶的烦恼。

尽管目前这种茶饭无着的窘境会给他的生活带来很大的不便，可是，我深切地知道：在这漫长的四年里，异国厨房里的炊烟和油渍，将会把他磨练成一个刚中有柔、粗中有细的男子汉！

以上这篇散文，于 1995 年刊登于台湾《新生报》，后来收录在《南瓜情》一书里。现在，再度在此引述，主要是让年轻的母亲汲取我曾有的教训，不要重蹈覆辙。

给孩子应有的厨艺训练，等于是传授给他一门终身受用不尽的技艺。

我成长于一个饕餮之家，父母都是爱吃而又能吃、爱煮而又会煮的人，可我，只学会了刁嘴刁舌地吃，父母的烹饪绝活，一招半式也没学到。到了披上婚纱时，连煮饭该放多少水也不知道！想想都觉得荒唐可笑。

除此以外，让我深感遗憾的是：许多菜肴，是祖传的，在外头打锣打鼓也找不着。亲人愿教，我却老是磨磨蹭蹭的，心里总想：等有空再学吧！拖着、拖着，可没有想到世间什么都能等，唯有生命等不了。一拖再拖、一等再等，等至亲至爱的长辈突然像个虚幻的泡沫般在空气里消失得无影无踪时，才惊觉许多该学的、想学的、一心一意要学的，还没学，还等着学，却已永远学不着了！

我不要我亲爱的女儿步我后尘，所以，她出世后，我便刻意将她浸濡于炊烟中。她还没有开始学走路，我便让她坐在婴儿椅上，再把婴儿椅搬到厨房里。我忙忙碌碌地切菜炒菜、切肉卤肉、斩鸡焖鸡、剖鱼蒸鱼，她呢，就在一旁咿咿呀呀地手舞足蹈。米粒在饭锅里"咕嘟咕嘟"地说话、卤肉在瓦钵内"噼啪噼啪"地唱歌、三文鱼在油锅里"叽里咕噜"地耳语，小小的厨房，满满都是声响。香气在身畔浮浮沉沉，我拿着勺子试味，双眸含笑地看着女儿；女儿以墨黑的大眸子回望我，眼笑，唇也在笑。那种极端温馨的感觉，强烈地牵动着我的心，我明白了什么叫"幸福"。

女儿年龄稍长，我们便在厨房齐齐享受炊事之乐了。

这日，厨房高高地堆着一叠薄薄圆圆的饺子皮。我在虾肉和猪肉拌和的馅料里加入马蹄和大葱，又掺入糖、盐、蚝油、胡椒粉等调味品，便意兴勃勃地动手包饺子了。我把裹了馅料的饺子皮折成饱满的半圆形，再逐个放入滚烫的油锅里炸，淡黄色的饺子在油里翻滚呻吟，慢慢地转成了灿烂的金黄色，像一个个富贵福泰的元宝。

四岁的小可君，坐在高脚椅子上，胖胖的小腿晃荡晃荡地摇来摆去。

我用长长的竹筷从锅里将一只只油炸饺子夹出来，她快乐地叫道：

"啊，金老鼠，妈妈，金老鼠！"

我笑了起来，我心中的金元宝，竟是她眼中的金老鼠！

炸饺子，一做便是一两百只，做好后，整齐地叠放在一只只圆形的盘子里，让方义和方德做"食物大使"，分别送给对门的陈姓邻居、隔壁的赖姓邻居、角落头的王姓邻居。

对我而言，与人分享美食，是人世间最快乐的事，而这，也是我与邻居切磋厨艺的方式之一。我"抛砖引玉"的行动，引来了陈姓邻居的红糟鸡、赖姓邻居的客家酿豆腐、王姓邻居的糯米饭，将原本平淡单调的日子髹上了晶晶发亮的色彩。在送出食物与接收食品的一来一往间，我们与原本有着隔膜的邻居建立了和谐融洽的关系，而我的孩子也充分地享受到睦邻的乐趣。

关于炊事的美好记忆，车载斗量。现在依然为可君津津乐道的，是我们共擀面皮做咖喱卜的趣事。

我们把面皮擀好后，用刀子把面皮切成各种各样的形状，然后，给我们的咖喱卜取各式各样的怪名：长圆形的是"抱枕卜"，长方形的是"书籍卜"，三角形的是"金字塔卜"，圆形的是"地球卜"，还有哪，不规则形的是"鬼卜"。一边做一边笑，笑得几乎岔气。我们也极有私心地给我们的私房咖喱卜多加一点鸡肉，然后，在咖喱卜上拼命做记号，务求一眼便能把它认出来。有时，我们还恶作剧地把杏子果酱或草莓果酱当作馅料，一本正经地做成以假乱真的咖喱卜，拿给方义和方德吃，他们脸上因为"货不对版"而出现的滑稽表情，逗得我们捧腹大笑。由于我常以这种无伤大雅的小玩笑来装点生活，孩子们长大后，都有着很好的幽默感。

女儿进了小学后，我报名上夜间烹饪课，刻意把她带在身边。母女俩把大小两颗头颅凑在一起学习的感觉十分美好。上完课后，老师让学员把"实验成果"带回家去，人人十万火急地赶着走；我们却好整以暇地找了个角落，坐了下来，慢慢品尝刚刚煮好的食物，且还热切地交换意见，讨论究竟应该怎样改进才能让食物变得更为可口。

这门烹饪课程让我了解了什么是精致，比如说：这道唤作"锦绣天地"的菜，就很费功夫——把红萝卜和四季豆切成像线般细，蒸熟了，用那切成薄片的上好牛腿肉裹住，外面再以棉线捆上一层红白相间的熏肉，然后，在油里慢火煎香，煎好后盛在盘子里，似琉璃般美丽。

还有一道"彩虹鸡串"，工多而繁。把鸡腿肉去骨切成拇指般大小，将黄梨、番茄、青椒切成块状，连同鸡肉一起串在竹枝上，先油煎，再烘烤，做好的鸡串，像天上掉落在盘子里的一道彩虹。

在烹饪班学会了十多道花里胡哨的菜肴，回家后，应应景儿，煮三几道让家人尝尝，便将笔记束之高阁了。

华而不实的东西，成了不留痕迹的过眼云烟。

从此，不再去上烹饪课。

烹饪的天地，如天般高，如海般阔，我不断地学习、充实、改进、提升，进而破旧立新，自创新菜，自得其乐。

在袅袅炊烟里长大的可君，和我一样，有着敏锐的嗅觉和味觉，喜欢美食，也喜欢烹饪。心灵手巧的她，还聪慧地把美学发挥到美食上，一盘寻常的食物，经她随意调弄调弄，便展现出图画般的美感。

啊，青出于蓝而胜于蓝。

喜欢美食的人，往往有着比他人更丰富，也更快乐的人生。

［第九章］

语言就是生活

那一年，可君年方三岁，带她到朋友的家去玩。

朋友住在加东区一所独立式的洋楼，大厅布置得美轮美奂，皮质的沙发底下，铺了一张织工精美的波斯地毯。我和朋友坐在沙发上聊天，佣人陪着小可君坐在地毯上，逗弄着那只可爱已极的贵妇狗。

我素来不养所谓的宠物，原因是生命苦短，要做的事情太多太多了，即使每天多给我二十四个小时也还不敷运用，又哪来的时间去伺候那些终日只知晃来晃去穷极无聊的猫猫狗狗。孩子虽曾多次要求，我却始终坚守防线，不肯颔首。

现在，小可君看到这只见人就嗲嗲地撒娇的贵妇狗，自然欢喜得像捡到了宝，逗着它玩，抚它、抱它，一串一串稚嫩的笑声犹如荷叶上的露珠，圆圆满满地滚来滚去。

乐极忘形，等她意识情况不妙而歪歪斜斜地站起来时，大势已去，只见一道"瀑布"从她短短的裙子飞泻而下，地上那名贵的波斯地毯霎时湿了一大片，一股酸臭的尿渍味也扑面而来。

我惊、我愣。

自两岁便开始自己如厕的女儿，今天可真失态到了极点！

我这做妈妈的，丢脸尴尬且不说，看到朋友名贵地毯上那一大圈黄黄的尿渍，气便不打一处来，二话不说，自沙发蹿起，飞过去，然而，扬起来的手还没有落下，那个矮矮的小人儿，便高高地仰着脸，以带泪的声音将一串话倒背如流：

"人非圣贤，谁能无过，知错能改，善莫大焉！"

我扬着的手，顿时戏剧化地"冻结"在半空中，再也动不了。

这几句话，是我不久前教她的。当时，为了增强学习的效果，我曾明明白白地告诉她，做错了事，只要说出这几句话，便可以免去责罚；没有料到，在这个关键时刻，她竟然学以致用地拿来当作解除危难的"救命符"。

实际上，学习语言的不二法门就在于将抽象的语言和实际的生活密切无间地结合在一块儿。

学了就用，用了再学新的；再学再用，学之不尽，用之不竭。

学与用，是一个美丽的圆圈；愈学，圆圈便愈大，慢慢地，大到足以包容整个世界。

人，在这个无限大的圆圈里，来去自如，无往不利。

我个人觉得，在中国语言里，最为美丽的，便是成语。

成语，是中国语言的精髓，字字珠玑，言简意赅。

说话时出口成章，语言魅力立时展现；写作时把成语镶嵌在字里行间，语言便呈现了斑斓的面貌。

如果可以将这千锤百炼的语言传授给下一代，就等于送他们一把终身受惠的语言利刃。

我于是利用每天送孩子上学的时间，刻意给他们讲述涵括着历史与文化知识的成语故事。

这一天，我给他们讲述的是一则和他们学习生活有切身关系的成语故事："有个名叫孙山的读书人想到省城去考取功名，临行前，乡里有名老人来拜访他，请求孙山带着他儿子一起到省城去应考，以便他儿子能够得到一些照应，孙山爽快地答应了。两人来到省城后，顺利地参加了考试，接着是等待放榜。发榜那天，孙山怀着万分紧张的心情来到放榜处，那儿已经围着一圈又一圈的人，孙山拼命往前挤，费了九牛二虎之力才挤到前面，一连看了好几遍，都没有看到自己的名字。他的心一下子凉了半截，抱着残存的希望再看一遍，结果，竟发现自己的名字排在最后一行，顿时转忧为喜。至于那位一起来应考的同乡，名字无论如何也找不到，肯定是落选了。孙山回到旅舍，把成绩告诉了同乡，对方听说自己没有考上，闷闷不乐，表示想在省城多待几天以散散心。孙山归心似箭，在第二天动身回家。回到家里后，乡亲们知道他中举，纷纷前来祝贺。那名老人看到儿子没有一起回来，便向孙山探问，性子幽默的孙山，没有正面回答，而是诙谐地以两句自撰的诗来作答：'解名尽处是孙山，贤郎更在孙山外。'意思是：举人的最后一名是我孙山，你儿子的名字还排在我孙山的后面。弦外之音是：他落选了。"

我说得口沫横飞，孩子们听得津津有味。我说完后，便作了个总结：

"现在，凡是考试不及格，一律可以用'名落孙山'这句成语来形容。"

接着，又利用这个成语来进行"生活教育"：

"你们如果考试名落孙山，你们想，妈妈会怎么样呢？"

性子好动的老大，说出了内心的恐惧："罚站久久。"

天性幽默的老二，双眸含笑地说："妈妈下回会代我们去考。"

慧黠活泼的老三，鹦鹉学舌地将我平时的"警世名言"悉数照搬："您会把我们打得变成斑马，身上一条黑一条白。"

接下来的日子，我刻意让"名落孙山"这个成语再三再四地出现在口中，反反复复地用，啰啰嗦嗦地用，不惮其烦地用；借此巩固他们的印象，直到入心入脑为止。

文字，是有生命的。它们有知觉、有感情，当你一再地将它们挂在嘴边时，它也会知恩感报地驻守在你脑中，任何时候你想用它，它都会毫不犹豫地跳出来，助你一臂之力。

教导成语，还有多种灵活的方式。

有一回，我闲闲地对他们说："来，玩游戏。"他们满是兴奋与期待。

我说："伸出手来。"他们照做，我又说："把手翻转过去。"他们虽然不知我葫芦里卖的是什么药，可是，既然是游戏，便也快乐地照做。这时，我一脸严肃地问："这动作，容易做吗？"他们齐齐点头，说："容易！"我说："凡是很容易办的事情，我们便可以用'易如反掌'这句成语来形容，明白吗？"他们说："明白。"

游戏至此结束，一个新的成语又进驻脑中了。

过了不久，方德要吃罐头龙眼，我一边开罐头，一边对他说：

"像开罐头这种易如反掌的事，你应该自己做；学会了以后，随时想吃随时开，不必事事靠妈妈。"

开好罐头，又再问他：

"你看，是不是真的'易如反掌'？"

他点头，大口大口地将甜津津的糖水龙眼往口里送，在吞下糖水龙眼的同时，也不经意地吞入了"易如反掌"这个成语。

总而言之，我就是这样想方设法地让成语化为现实生活的一部分。

当成语有了应用的机会，也就有了实用的价值。

为了让孩子能时时学以致用，我会刻意选择符合他们生活经验的成语来进行教导，比如说，我会教他们"一毛不拔""一筹莫展""一诺千金"，可是，我不会教他们"一衣带水""一叶蔽目""一场春梦"；我会教他们"画蛇添足""画龙点睛""画饼充饥"，然而，我不会教他们"秦镜高悬""秦晋之缘""秦琼卖马"。

任何成语、任何语言，如果在现实生活里找不到运用的机会，学了就等于白学。

书籍对我而言，犹如空气。

实际上，更正确地说，在我整个成长岁月中，书籍就是空气。

它无处不在，无时不有，而我，时时刻刻都需要它。

自童年开始，我便明白，肚子饿了，找食物吃；眼睛饿了，找书籍看。

我的双眸，时时都处在饥饿的状态中；只要一书在手，我便"如蚁附膻"，既有蚕吞桑叶的快乐，亦有蜂儿采蜜的满足。

略识之无，我便发现，屋子里的每一寸空隙，都飘浮着一缕一缕的书香。视线所及之处，有书；视线不及之处，亦有书。高高低低地叠着，密密麻麻地堆着；疏疏地散放着，齐齐地排列着。书籍和屋子，你依我依地化成了一个圆满的整体。在那如饥如渴地从书籍汲取营养的童稚时代，我们的物质生活是捉襟见肘的，可是，书籍却为我营造了一个晶光灿烂的世界。

父母为我们进行的，不是言教，而是身教。

父亲总是买书，不是一册册地买，而是一摞摞地买；当他把书籍提着进门时，在忙着家务的母亲，总是很快地把湿漉漉的手抹干了，把那一摞书当成瑰宝一样，小心翼翼地捧过来，欢天喜地地拆看。

万籁俱寂时，母亲在荧荧灯火下执卷而读的样子，真是美丽。微卷的睫毛静静地在眸子下方印着扇形的影子，脸上浮着一抹蜻蜓点水式的、若有若无的笑意。

她低头看书，我仰头看她。

她快乐地沉浸在文字那个神秘莫测的世界里，而我，向往那个世界。

于是，跌跌撞撞地闯了进去。最初，一知半解，等一进入情况，便痴痴地迷上了，书籍，自此成了生命中不可分割的一部分。

成家之后，整间屋子氤氤氲氲都是书香。我站着读、坐着读、躺着也读。我读书的时候，孩子也人手一册地读。一家大小静静地、齐齐地读书的那种感觉，美好到了极致，幸福到了极点。

星期天，孩子们总以入宝山寻宝的心情随我到书局去逛。

在书局，一待便是一整天。真的是宝山，要啥有啥，软性的、硬性的、文艺的、理论的；还有各种各样的专题书籍、人物传记。

在那个网络并不盛行的年头，书籍，是唯一的资讯来源。

站在浩如烟海的书籍当中，突然想起青少年时代一件绝不如烟的往事。

那时，零用钱有限，想买书，只能将钱一点一滴地储存起来，存够了，才得以一偿宿愿。那一回，看中了赛珍珠的译著《大地》，翻来覆去地看，爱不释手，可是，没有钱买。一连两三周，上书局时，总先去看看那部小说还在不在，如果还在，便抽出来，用手轻轻摩挲一番，才恋恋不舍地放回去。后来，学校考试，忙着温习功课，没上书店。考完试后，买书的钱也储够了，便风风火火地赶往书店。可是，那部朝思暮想的书，没了。我在书架上疯一般地找，找来找去、看来看去、翻来翻去，没有，真的没有。我冲去问店员，她说："架上没有，便是被人买去了啦！"我急巴巴地问："你们没有存货吗？"她说："都放在架上啦！"我觉得心里有一种说不清的疼痛，在书架旁晃来晃去，像个无主孤魂。那种痛，凝在心上，宛若带着一个小钩的逗号，一下一下地勾着我的心叶……

在那青涩的少年时代里，让我难过的，常常是没有足够的钱买书，或者，有了钱而惨痛地发现"走宝"了。

现在，带孩子到满是金银珠宝的金库银山去，我总是放手让他们选择他们心爱的书籍，而且，数量不限，任买；五本、八本、十本，或者，更多，都可以。

我总是认为：让孩子把文字镶嵌在脑袋里，整个人都会像瑰宝一样灿然生光。

一般人常以现实的眼光来看待阅读，老是要孩子读些和课业有关的书籍，凡是与学校功课无关者，一律被视为一无是用的闲书。

实际上，这种想法，大错特错。

阅读，是一种多功能的活动，也是一种潜移默化的浸濡活动。许多散文和小说，都不着痕迹地蕴藏着隽永可贵的价值观与人生观，它会在阅读的过程中，慢慢地流入读者的内心深处，那种影响力，是巨大而深远的。

台湾著名漫画家蔡志忠曾经说过一则令人深思的真实小故事。他经常碰到一些妈妈对他说："我的小孩不喜欢读书，只喜欢画漫画。我以前很担心，但自从知道你只画漫画就有这样了不起的成就后，我就不再担心他的前途了。"蔡志忠语重心长地说道："其实，这些妈妈都错了。要成为出色的漫画家，非得喜欢读书不可。画只是技巧，出色的漫画，出自无穷的想像。不读书，就表示没有好奇心，怎么可能画出精彩的漫画？"

实际上，阅读所能带来的脑力冲击，是大得超乎想像的。它足以将水面上的一个小涟漪化为滔天巨浪，从而创造出一个又一个奇迹。

姑且撇开实际的功能不谈，阅读所带来的大快乐，是任何其他的活动都难以相比的。当它让你哭时，那种感动，能够进入心坎很深很深的地方去；当它让你笑时，那种快乐，像是融化在心上的一块糖。它时而像铁锹，在你心叶上挖出一个个痛楚的窟窿；时而像辣椒，辣得你汗下如雨却又拍案叫绝。有时，它像雷像电，狠狠地劈下来，将迷糊混沌的你震醒；有时，它又像云像雾，让你腾云驾雾，浑然忘却世间一切烦恼。

女儿负笈英伦后，有一回给我写信时说：

"初到伦敦的那些日子，目迷五色，课余之暇，老往歌剧院和电影院跑，把课外书籍彻底冷落了。我忘了自己曾经对阅读是多么的狂热，也忘了我曾经从阅读当中汲取过那么、那么丰富的精神养分。这几天，重拾旧欢，到书店去逛，哎呀，那种一边选书一边漫读的感觉，就只有两个字可以形容：痛快！听歌剧和看电影，虽然也非常享受，但是，我觉得那是纯感官的，至于阅读，那是属于思维层次的，也是一种让人终生上瘾的活动……"

我亲爱的女儿一语中的地以"痛快"这短短两个字，说出了阅读无可抵挡的大魅力。

我从不强逼孩子阅读，但是，他们却从我的沉迷看出我的大快乐；我无言的身教，是他们追随的模范。

在书香长期的熏陶下，我的三个孩子，都成了爱书的人。

书籍，丰富了他们整个成长岁月；在成长后的今日，书籍常常是他们谈话的中心、讨论的课题。有时，他们会心醉神迷地分享读书心得；有时，他们也会各持己见地争论不休。书籍，使他们的心灵更为贴近；书籍，也使他们的感情更为融洽。

书籍，成了我家庭里一种无形而又强大的凝聚力量。

我觉得自己最大的成就是：以书籍为种子，在孩子的心田里，种下了一株快乐的树。

这树，永不枯萎。

永不。

那尾孔雀，就盈盈立在嫩绿的草地中央。璀璨的尾屏，张成了一种无懈可击的圆满，晶光灿烂，气韵生动。在顾盼自如间，展现了一种属于自信的美丽和丰采。

在澳洲的动物园里看到这尾孔雀，我因惊艳而屏息。

看着看着，浮想联翩。

每个孩子，其实都是一尾孔雀。有的开屏，有的不。

孔雀不开屏，有多种原因，可是，促使孔雀开屏，却是身为父母者最大的责任、最深的期盼、最美的梦想。

望子成龙，盼女成凤，天下父母一条心。为人父母者，手中都握有两种"武器"，一种是赞美与打气，一种是批评与打击。那些愿意而又喜欢和孩子一起成长的父母，理所当然地选择前者，他们把赞美化成鲜花的种子处处撒，让孩子在百花绽放的美好环境里学习。那些迷信"权威至上"的父母，却毫不犹豫地选择后者，他们把"不打不成器"奉为圭臬，他们以"高压"作为撒手锏；孩子表现好，他们逼孩子更上一层楼；孩子表现稍稍欠佳，他们便喊打喊杀；他们的字典里，永远没有"赞美"这个词。他们硬硬用手掰开孔雀的尾屏，孔雀尾屏虽然开展了，可是，双目噙泪。另外有些孩子，虽然也有开展尾屏的能力和条件，然而，在父母的鞭影下，他们却丧失了自我驱策的力量，长长的尾屏，成了一无是用的扫帚。

记得初入杏坛时，教导学生把现实生活里的人物形象带到作文纸上时，一位男学生写他的父亲，给了我极大的震撼。文中，有这么一段：

"我今年已经十六岁了，可是，说起来没有人相信，我的父亲从来没有对我说过一句好话。每个人都说他是一个好父亲，因为他天天早出晚归，任劳任怨地养家糊口，又没有什么不良嗜好。但是，我觉得我和父亲之间，有着一段很大的距离，我不喜欢和他说话，因为他一开口便批评我，满口都是针，刺得人浑身发痛。去年，我很努力，考到了第三名，姨妈说我很厉害，他竟然回答说：如果真的厉害，就考第一名了，第三名有什么了不起！听到这样的话，我的眼泪便流下来了。我真的想听父亲说一句好话，可是，十六年了，我这个简单的愿望都实现不了。有时，我觉得人生真的没有什么意义，一切都是空的……"

这是个温顺沉静而又勤奋用功的男学生，然而，长期以来，父亲"有骂没赞"的管教方式却使他原该阳光灿烂的内心世界满是阴霾。

回想过去的成长岁月，对于父亲，我有着无尽的感激。别人都把我看成是卑微丑陋的麻雀，他却信心满满地认为我是光彩四射的凤凰，他鼓励我，赞美我，从不间歇地为我打气。我小学时期，成绩奇差无比，但是，他从不放弃我，总是想方设法给我灌注信心。只要我的成绩稍稍有点小进步，爸爸的脸，便会绽放出很亮很亮的光。

我一生都在努力，因为我喜欢看到爸爸脸上的这种亮光。我是一只倾尽全力为爸爸开展绚烂尾屏的孔雀。

我还清清楚楚地记得，有一回，碰到了困难，十分沮丧。爸爸温和地对我说："任何事情，只要你坚信你能做得好，你一定能；可是，如果你认为自己不行，在心理上先已打了败仗，到了最后，一定以升白旗收场的！"我于是默默地对自己说："你能！你一定能！"摒除杂念，全力以赴，果然便顺利而圆满地把事情做成了。

此后，在漫长的一生里，这几句话，像是阿拉丁神灯里的巨人，每回来到荆棘满布的道路，遇上障碍，只要擦一擦神灯，这个巨人便会跳出来，义不容辞地帮助我。

"你能！你一定能！"这两句话，也成了我的传家宝。

我从来不曾要求孩子成为校内出类拔萃的学生，但是，我要他们挑战自我，一次做得比一次好；而自我竞争，是一种无极限的挑战；也是一种终生不辍的良性竞争。人生一世，草生一秋，我们不能辜负我们的生命。

有了自我竞争的意识，不必催逼，孩子自然而然地生出自我驱策的力量——这一季花瘦花弱花色淡，没关系，努力，再努力，下回花信来时，当能看到饱满的花、丰盈的花、鲜丽的花。

我和日胜，从来不吝于给孩子赞美。

赞美是由心的沃土种植出来的硕大无比的花朵，我们就以这花朵去装饰孩子的心田。他们每天被花朵熏得香香的，心情特好。实际上，这是一种双向关系——他们以努力来争取我脸上绽放的笑花；而我，以赞美来换取他们心田怒放的心花。上下两代，互相取悦，形成了一种美丽已极的良性循环。

我总是把握时机，适时地发出赞美，不管是学业或行为，只要表现良好，该赞便赞，绝不吝啬。

有时，我会说：

"哇，这么棒，真是良好遗传！"

孩子咧着嘴嘻嘻地笑着，而我，也同样咧着嘴嘻嘻地笑着；赞了孩子，也同时赞了自己，一石二鸟，一箭双雕，真是快乐！

女儿成长后，曾经给我写过一封信，感激之情，跃然纸上：

"妈妈，不论我想做什么，您都会说：我知道你能，你一定能。这样的一种信念，让我衍生出克服困难的巨大力量，进而把生活里所有的不可能转化为可能。当我把事情做好后，您又总是兴高采烈地称赞我，有时，为了博取您的赞美，我便刻意把事情做得更好；这种心态，使我对生活产生了无比的激情！"

　　我想，我给孩子最大的传家宝便是让他们相信他们是生活的魔术师，让他们以信心为魔术棒，变出他们所向往的一切东西！

母亲说话，很有滋味。

她既不喜欢滔滔不绝，也不爱喋喋不休。

她的语言，干净利落，简洁有力；很多时候，她驾轻就熟地借用谚语来表达心中意念，事半功倍。

教我们用功读书，她说："秀才不怕衣衫破，就怕肚里没有货。"要我们虚心求教，她鼓励地说："学问学问，边学边问。"有时，我们成绩不好，她就会生气地说："养子不读书，不如养只猪。"

左邻右舍来说是非，她淡定地应："是非整日有，不听自然无。"等搬弄是非的"长舌妇"离开后，她便又对我们说："来讲是非者，便是是非人。"

市面上东西起价了，她喟然慨叹："当家方知柴米贵。"偶尔炊煮膳食时发现缺了蛋，着我们向邻居借，次日总毫不含糊地如数归还，对方一推辞，她便正色地说："有借有还千百转，有借无还一次过。"

朋友的女儿遇人不淑而闹婚变，她叹着气说："千拣万拣，拣着个烂灯盏。"某个家族出了个败家子，她谈起来，便说："一粒老鼠屎，搞坏一锅粥。"某人生意失败，原本养尊处优的妻子被逼外出工作，她同情地说："马死落地行。"另有人因赌博而倾家荡产，她下评论："见过鬼，就怕黑。"

碰上暴发户，她无奈地说："人一阔，脸就变。"遇到爱炫耀的亲戚，她不以为然地说："有麝自然香，何必当风扬！"见到对孩子疏于管教的年轻父母，她直话直说："树小扶直易，树大扶直难。"看到动辄口出粗言的长辈，她又气冲冲地说："为老不尊，教坏子孙！"

母亲口中的谚语，不但是先人经验与智慧的结晶，也是醍醐灌顶的人生哲学。它们在"适者生存"的自然定律里，经过千百年岁月的洗礼，一代接一代地留存下来，造福后代的子子孙孙，真可说是"前人种树后人凉，前人种果后人尝"呵！

我们日日浸淫在这些深含哲理的语言精髓里，就有如植物吸收养分一样，在潜移默化中，由待人接物到处世方式，都受到了深刻而又深远的影响。这种影响，不是一蹴而就的，它日积月累，循序渐进，化无为有，化"有"为"大有"，再化"大有"为"根深蒂固"。

我的人生观，也寓藏在许多熟语和诗词当中。

许多人总以为我长年生活于一大片香馥馥的花海中，但见缤纷，只见绚烂，不见荆棘，不见乌云。

不是的。

我的人生道路，和一般人一样，既有绊脚的石头，也有暴风和骤雨。

跌倒了，跌得鲜血淋漓，怎么办呢？

放声大哭，哭得天昏地暗、喉咙出血吗？痛苦万状地赖在地上，等待他人伸出援手吗？

哭？哭有啥用！等？等到天亮？

碰上这种情况，"天助自助者""求人不如求己"这两句熟语，便是我的"救命符"。

我绝不坐以待毙，不呵不。

原本风平浪静的生活有狂风骤雨来袭，如何是好？

我们改变不了气候，可是，我们可以改变心情。与其坐拥愁城，不如笑看风雨。

"车到山前必有路，船到桥头自然直"，"山重水复疑无路，柳暗花明又一村"，这几句永垂不朽的文学名句，就是我永远的解忧剂。

一直为我恪守的另一句人生格言是："知足常乐。"

有个故事，涵义深远，引述如下：

有个美国军人，在越战时期断了一条腿，退伍后，在一家小店当店员，每天拄着拐杖工作，十分愉快的样子。老板忍不住问他："我四肢健全，钱也比你多，可是我并不快乐，你断了一条腿，收入也不多，可为什么你总是那么快乐呢？"那位军人淡定地应道："原因很简单，我时常看到我所拥有的，你却常常只看到您所没有的。记得有一回，在越战中失去了双腿的同僚一脸羡慕地向我表示：我有一条腿，行动比他方便得多了。您瞧，我虽然只有一条腿，可还是别人羡慕的对象呢！"

知足常乐。

坐这山，望那山，不但一生一世都得不着快乐，而且，还会错失许多欣赏绮丽风光的机会哪！

然而，"知足常乐"并不意味着我会坐在草地上无所事事而自得其乐地看日月运转。我不会和别人作无谓的较量，但是，我会尽量利用自己所拥有的一切资源，去打造、去铸造我所期盼的人生。

非常喜欢"水滴石穿"这一句话。柔软的水，看起来一点力量也没有，可是，只要持之以恒，只要努力不懈，天天、月月、年年，滴滴滴，滴滴滴，滴呀滴的，就算是台风也奈何不得的磐石，也会被滴出一个又一个的窟窿！

"一分耕耘，一分收获""种瓜得瓜，种豆得豆"都是我心爱已极而又坚信不渝的真理；竭尽努力之后，我会快乐地享受劳动的成果，万一"收支不平衡"，我也不会怨天尤人，反正，"谋事在人，成事在天"嘛！

在行事方面，我喜欢的是"我行我素"这句成语。按照字典的解释，它的涵义是："不管别人怎么说，我还是照我本来的一套去做。"我行我素的人，通常是比较有主见的人，他不容易被别人的看法所左右，坚持个人信念，勇往直前；遗憾的是，许多人都将贬义赋予这成语，把"我行我素"者看成是不顾别人感受而一意孤行的人。

许多人之所以活得不快乐、不痛快，主要的原因就是他们既想顺哥意，又要顺嫂意，结果没了自己，失了立场，最终却落得"两边不讨好"的下场。

现在，说一个我行我素的现实例子。

我的屋子，距离大路有一里之遥，没有公共交通工具穿行。儿子上了中学之后，我便不再载送他出入，要他自行"乘搭11号"（步行）；结果呢，佣妇听到了背后两种截然不同的议论，特地转述给我听。有人皱着眉头批评我："孩子才十三岁，她怎么竟忍心让他走这么远的路去上学！"有人跷起拇指称赞我："她刻意训练孩子独立，不盲目溺爱，真好！"

贬也好，赞也罢，我听后总一笑置之，我行我素地让孩子继续走路上学去。

我不要我的孩子当"草莓"，草莓外表美丽绝伦，里面却绵软无力，不堪一击；我要我的孩子当"椰子"，外壳坚硬如石，百毒不侵，里面却另有乾坤，别有天地。

教养孩子，自己定下规矩，便按照原则去做。"父子骑驴"的故事，给予我的，是终生难忘的启示。

话说有对父子出远门，父亲让孩子骑驴，路人见了，纷纷谴责孩子不孝；孩子把驴子让给父亲骑，却又有其他路人指责父亲不仁；后来，父子索性都不骑了，牵着驴子走，然而，有人看到，摇头感叹："瞧，这一对父子，放着大好一头驴子不骑而辛苦地走路，多笨啊！"

每件事情，都会有人提出不同的看法，我们犯得着为别人的话伤心、伤神、伤怀、伤脑筋吗？

再说说另外一个值得深思的小故事。

有一名农夫到一家餐馆去兜生意，表示每周可以为他们供应 500 只田鸡。餐馆东主问道："哪来这么多田鸡？"他信心满满地应道："屋子后面的池塘里有成千上万只田鸡，抓之不尽，捕之不完。"签了合约，到了送货的时候，农夫却只送来了寥寥两只，他垂头丧气地说："池塘蛙叫之声响彻云霄，我还以为有亿万只，没有想到就只有两只而已！"

我们常为背后的议论而烦恼，其实，说的人也许就只有区区几个而已，真可说是"天下本无事，庸人自扰之"！

在我三个孩子成长的整个过程中，在为他们解疑释惑时、在开导指引他们时，贯串着我人生观和生活观的这些熟语，常常会出其不意地跳出来，他们耳熟能详，在看待事情和处理事情时，便不知不觉地受了影响。

有件小事，每回忆起，都忍俊不禁。

那一回，亲戚的孩子生日，宴请我们一家子。餐后，捧出一个巨型的巧克力蛋糕，每人分得一大片。我漫不经心地舀了一大口，送入口中，轻轻一咬，呜哇，完全不是意想中那种柔软的口感，更不是期盼中那种香甜的味道；反之，有硬物卡在牙齿间，味道咸咸的、怪怪的；急巴巴地吐出来，只瞥一眼，便差点昏厥在地！

那是一只小壁虎，已被我咬得变形了！

众人尖声叫嚷，齐齐丢下汤匙和叉子，推开盘子，现场乱成一团。

在这一片混乱中，有个人，依然好整以暇地端坐桌前，一口一口有滋有味地吃着、吃着，一点都不受现场情况的影响。

有人喊道："喂，可君，别吃啦！蛋糕里有壁虎！"

天知道她居然淡然地应道："壁虎不是已经抓到了吗？"

说完，又继续一口一口津津有味地吃着、吃着。看到一脸愕然的我，她若无其事地进行逻辑分析："小壁虎是因为迷路了，才会掉进蛋糕里的；它的爸爸妈妈又没有迷路，蛋糕里怎么可能会有第二只壁虎呢？"

嘿，好个我行我素的小姑娘！

后来，虽然为了卫生与健康阻止她再吃，可是，她不受他人言论与行为影响而我行我素的性格，在六岁之龄便已显露无遗了！

她是不折不扣的"蠹虫"，高高一叠书，转眼间便被她以狂风扫落叶的速度吞个一干二净。三天两头往书店跑，一看到心爱的作家有新著面世，一双眼，便化成了两盏亮光四射的"车头灯"。在家里，书不离手，眼不离书；外出时，依然书不离身。坐着读、躺着读、走着读，读读读、读读读，头脑长了智慧，眼睛长了度数。配了眼镜回家那天，对着镜子愣愣地看。她的眸子，圆大清澈，又有双眼皮，现在，眼镜一戴，姿采大减。看着看着，眼泪突然像骤来的雨一样哗啦啦地落个满襟满怀，后来，索性哭出声来了，哭得抽抽噎噎，上气不接下气，眼镜蒙上了两团雾，怎么劝慰都止不了。

奇怪的是：第二天却又没事人一样，戴着眼镜看书，看到高兴处，哈哈大笑。虽然明知踩人痛脚不仁不义，可是，看着她那双肿若胡桃但却盛满笑意的眸子，我依然忍不住问她："咦，怎么不伤心了？"她一脸自得地答道："天无绝人之路，没有了外在美，我还有内在美哪！"

看着她晴朗一如阳光的脸，我欣慰地知道，有了这种"扭转乾坤"的豁达态度，此后一生，纵是跌跤，她肯定也能自行疗伤。

从这一点，我清清楚楚地看到了我血液里的某些成分，已汩汩地流进女儿的身体里面了。

生命，真是一个美丽的大循环啊！

润滑剂

那天下午，天气很热，我和刚刚升上小六的女儿在大厅里各踞一方。我坐在沙发上执卷而读，她坐在桌子旁边做功课。

我觉得口渴难耐，便喊道："可君！"

她抬头看我："嗯？"

我说："倒杯冰水给我，好吗？"

她放下了手中的笔，二话不说便走进了厨房，少顷，捧了一大杯冰水出来。

我接了过来，"咕噜咕噜"地喝了几大口后，把杯子搁在小几上，便又神游书中了。然而，读了两三行，却发现女儿犹如化石般站在原处，动也没动；我狐疑地抬眼看她，她毫不含糊地说道：

"妈妈，您老是教我们要有礼貌，大事要说谢谢，小事也得说谢谢；可是，现在，为什么我给您倒了水，您却连半句谢谢也不说？"

喝下去的水，明明是冷的，但却在体内变魔术似的起了变化，将我全身烧得热烘烘的，连脸都被烙红了。

啊，我只行言教而未行身教，言行不一致；被孩子当面一问，真想化成一股风，飞卷而逃。

我为自己的双重标准深感汗颜。

对于外人的举手之劳，诸如，顺手开开门啦，代为接个电话啦，等等，我都不会忘记道谢，唯独对于自己的孩子，我却把一切视为理所当然的，"谢谢"两个字就好像金子一样，轻易不出口。女儿也许"隐忍"很久了，到了忍无可忍而又不肯重新再忍时，便提出了"质询"。

实际上，成人最易忽略的一环是：孩子也需要尊重。我们在潜意识里把自己看成是他们的"米饭班主"，老是以命令的口气吩咐他们跑东跑西，做这做那，现在，且听听以下这些话：

"喂，去洗碗！"

"地板这么脏，也不会抹一抹！"

"帮我去买十个鸡蛋！"

"把旧报纸搬到门口去！"

"那间餐馆，电话号码是什么？"

"给壁钟换个电池！"

孩子乖乖地把碗碟洗得个干干净净，把地板抹得个清清洁洁，买了不多不少十个鸡蛋回来，把旧报纸捆得扎扎实实来来回回好几趟送到大门口去，准准确确地把电话号码查出来，让老旧的壁钟在换了电池后变得生机勃勃。然而，然而呀，有多少个父亲或母亲会主动向孩子真心实意地说声"谢谢"的？

"谢谢"这个词，实际上是生活的润滑剂，能将家庭成员之间的关系变得更美好、更融洽；它也是起居室里的芳香剂，能把生活调弄得香气氤氲。

除此之外，生活里还有另外一帖润滑剂，能化干戈为玉帛、能化戾气为祥和，这润滑剂的名字唤作"对不起"。

许多"强权至上"的父母，就算冤枉了儿女，甚至冤打了儿女，也不肯、不会、不愿道歉，"对不起"三个字，像是镶嵌在喉咙里的钻石，不肯、不会也不愿吐出来。表面上不吭一声的儿女，似乎不把这事放在心上，实际上，它可能已在内心深处刮出了无可弥补的永久性伤痕。

以日籍作家新井一二三为例，童年时，她的母亲老是冤枉她是撒谎者，家里无论发生什么可疑的事情，都把账赖到她头上，弄得她神经衰弱。长大后，她老是被重复又重复的梦魇所纠缠，在梦里，警察要她坦白交代一切，似乎她犯了什么罪，但是她想来想去都想不起自己究竟做了什么坏事。为了摆脱童年这道可怖的阴影，她只好借助于心理治疗师进行治疗。

孩子犯错，大家都会加以指责；实际上，父母在教育和教训孩子时，也时常有意或无意地犯错。

人非圣贤，谁能无过？倘若我们真的在无意间做错了，大大方方向孩子认错又何妨？

记得有一回，我们一家子和姻亲一起外出用餐，热热闹闹地坐满一桌。女儿兴高采烈地和她的表姐说东话西，我因为不满意她做的某一件事情，便当作闲谈的材料，一五一十地告诉了姻亲。没有想到，在那人声嘈杂的环境里，听觉异常敏锐的女儿，居然把一切都听在耳里。她静静地离开桌子，很久很久都没有回来。后来，我在厕所找到她，她梨花带雨地说："这是我们的家事，您干吗要向别人说？您当面和我说清楚，不就得了吗？"

我知道我错了，立刻搂紧了她，对她说对不起。

我们在教育孩子的同时，孩子也在教育我们。

感情的盒子

　　我从来不曾看过我外祖母搂抱我母亲，而我母亲也从来不曾开宗明义地对我说她爱我。我们是从现实生活点点滴滴、琐琐碎碎的大事小事里，含蓄地感受到对方的爱，那种爱，好像是隔了一层纱布似的，你知道它在，可是，朦朦胧胧，看得不甚清楚。有时，心里有事，想说，可是，不知道纱布后面是怎么样的一种光景，便憋住不说，憋着憋着，最后，便没说了。

　　身为人母后，我刻意揭开了那一层若隐若现的纱布，清楚明白地把爱写在脸上，挂在口里。

　　小的时候，我搂他们，亲他们，明明白白地传达我的爱；现在，他们长大了，我依然不时搂他们，亲他们，清清楚楚地表达我的爱。

　　由于我从来不曾把长者的威严做成面具挂在脸上，因此，他们都把我看成了"感情的盒子"。心中有不平、有愤怒、有恐惧、有忧愁，他们会毫不迟疑地开启"感情的盒子"，如数倾泻，我呢，就会据理分析，为他们排难解忧；如果他们心中有快乐、有骄傲、有得意、有欢喜，他们也会毫不犹豫地打开"感情的盒子"，悉数放置，让我惬意分享。

他们养成了习惯，一回家，便飞奔着找妈妈，倾诉。

我总在听，耐心地听，专注地听；他们总在说，尽情地说，放心地说；我因此像多长了几双眼睛，把他们在外面的事情看得一清二楚。

一般人只知道说话是一门艺术，殊不知倾听更是艺术。

不同年龄的孩子，有着不同的问题。只要一进入幼稚园开始有了较为复杂的人际关系，问题便纷至沓来了。这些问题，在成人的眼中，全都是不值一哂的鸡毛蒜皮，可是，在他们的心里，却比天更大；因此，成人在倾听时，便得拿出耐心和诚意了。

有一回，文思泉涌，我坐在电脑前飞快地敲打着键盘，撰写小说，正写到节骨眼上时，初上中学的女儿回来了。一进门便直闯书房，满脸都是想要倾诉的表情。我一如既往地转向她，听她诉说。然而，不讳言，在那一刻，我整颗心都悬在那篇写到一半的小说上，一双耳朵，半开半闭，无意识地听，模糊中只知道她讲的是朋友间惯有的小纠纷，我一心只想快点结束谈话，好回返小说的世界中，所以，口里"咿咿哦哦"地虚应着。女儿说着说着，忽然停了下来，我于是抓紧机会下判词："既然是场误会，你找她解释清楚，不就得了吗？"她睁着一双澄亮的眸子，静静地看着我，没有再说话。我立刻如释重负地为我俩的谈话打上了句号，说："妈妈很忙，改天再和你谈，好吗？"她静静地站起来，走开了。

当天晚上，便在枕头边找到她写给我的一封短信，她如此写道：

"妈妈，我觉得很寂寞，又很无助。我有心事找您谈，可是，您却毫无诚意地敷衍我。您常常说您是我们'感情的盒子'，可是，盒子里却装满了其他东西，我心里的话完全倒不进去。当您随随便便地应着时，我知道您其实根本就没有在听，那一刻，您知道我有多难过吗？"

字字句句，就好像是玻璃弹子，一颗一颗地打在我的眼上、心上，奇痛无比。我冲去她的房间，可是，她已睡着了，白皙的脸上，残留着寂寞的痕迹。

她把心中的话，都去和周公说了。

我站在她的床边，凝视着她，良久、良久，心里默默地说：

"对不起，亲爱的！"

从此，孩子有话对我说，我总立刻关掉电脑，开放心扉。虽然我常常为了节省时间而在许多事情上一心二用，唯独在倾听时，我一心一意，我全心全意。

我们不能让孩子的心无所归依地流浪。

孩子如果有一颗流浪的心，他们的身体，也会服从他们的心。那时，身为母亲的，也许便会悒悒地变成了一头长颈鹿，日日夜夜"倚门盼儿归"了。

现在，成长、成熟了的孩子，也为我准备了一个

"感情的盒子"，让我不时把心中的快乐、骄傲、得意、欢喜放进去，也让我偶尔将心中的不平、愤怒、恐惧、忧愁倒进去。

我们"感情的盒子"长年长日地为对方开启着。

有一天，当我成了鸡皮鹤发的百岁老人，我的孩子，也是六七十岁的人了。我想，到了那时，我依然还是会以我多皱的手摩挲着他们多皱的脸，说："宝宝，我爱你们！"

老二方德，还为我绘了一幅美丽的远景蓝图，他说，他每天会设法将我哄得开开心心的，当我年届一百时，看上去像是半百的人，他呢，六十八岁却像八十六岁，当他带我出门时，别人还以为他是我老爸，这样一来，当他喂我吃东西时，就没有人会取笑我了。

我们在互宠中共度美好岁月。

［第十章］

成长岁月

孩子小的时候，我忙得像一只迷失方向的陀螺，一天到晚转呀转的，转成了一团模糊的影子；有时，那种蓬头垢面的邋遢样子，连自己看了也嫌弃。

可君出世那年，方义七岁，方德两岁。

可君周一到周五由住在东陵区的保姆照顾，周五傍晚带回家，星期天晚上再送回去。方德全日寄放在托儿所，方义已读小学，只寄放托儿所半天。

当时，日胜许多工程在国外，三天两头出国去，因此，照顾孩子的责任，便沉沉地落到我肩上来。我执教于华义中学，教的是上午班，每天清晨五时许，一睁开双眼，便以备战的心情打点一切。

做早餐，催促孩子漱洗、换校服、吃早点，然后，将他们送往托儿所，再飞车奔向学校。

一环接一环，很是紧张。

有一回，闹钟坏了，起身比平时迟了整整半个时辰，顾不得做早餐了，将孩子们拉起来，塞进车里，火烧火燎地赶路。超速驾驶，来到荷兰路，明明看到绿灯转红，还是硬闯，结果，运气不济，被交警尾随，一直追到托儿所门口。一下车，交警便要求我交出驾驶证件，他神情肃穆地说：

"你知道闯红灯有多危险吗？"

我叹气应道：

"我当然知道，但是，您瞧，我有三个稚龄孩子在车上，如果不是万不得已，又怎么会超速驾驶呢？身为女性，一身兼数职，实在很辛苦啊！"

他弯腰，探头看了看车里的三个孩子，又瞅了瞅我，迟疑了一下，终于说道：

"这一次，算了。以后，驾车小心！"

说毕，骑上电动车，扬长而去。

交警明白事理的宽容，使我永远不再重蹈覆辙；而我也从他宽大为怀的行事方式，得到了终身受惠的启示。

另外一次因赶时间而带来的小灾难，给我留下的则是终生难以痊愈的后遗症。

星期天早上，煎午餐肉给孩子做早餐，罐头开了一半，便心急地用手去掰，掰得过急，一阵钻心的痛楚尖锐地传了过来，我惨叫出声，鲜红的血，喷个满天满地。仔细一看，天啊天，我的拇指！我右手拇指的上半截，被罐头尖利的边缘横切过去，几乎断掉！那半截拇指，岌岌可危、藕断丝连地悬挂着，状极可怖。方德和可君吓呆了，双双扯开喉咙放声大哭；方义一个箭步冲去打电话，少顷，姐姐便和父母一起赶来了，十万火急地将我送往医院。由于情况危急，院方一分钟也没耽搁便将我推进了手术室，把几乎断掉的指头接回去。

迄今为止，我右拇指的上半截依然是麻木没感觉的。这截受伤的拇指，正是这段忙乱时期的最佳见证。

周末来了，我的心情却是十分矛盾的——既爱又怕。

爱周末，是因为一家子可以共聚一堂；怕周末，是因为必须"独挑大梁"。日胜出国，我一个人同时照顾三个稚龄孩子，那种疲累与辛苦，若非亲身经历，绝难想像。

呱呱坠地才几个月的可君，一天到晚只会哭、只会闹，不是喝奶，便是拉屎。到了晚上，隔三岔五地哭一哭，我大好的睡眠便被典当了，比当年读书应付考试还要惨上一百倍。有一回，费了好大的劲儿才把她哄睡了，累得仿佛听到骨骼"喀啦喀啦"地断成好几截的声音。扑上床，朦朦胧胧地将要睡着时，她的哭声却又石破天惊地响起了，尖锐的嗓音，把安静的夜硬生生地扯裂了。撑着起身，瞌睡虫好似跳蚤一样，爬满一身。宛若梦游者般把牛奶泡好后，一边抱着她喂，一边还自虐地扯着自己的头发，借着痛楚来保持清醒，要不然，恐怕累得连脚趾也想睡的我，会失手把婴儿摔在地上哪！

可君如此"摧残"我的睡眠，方德呢，正处于"万事不懂而又事事想懂"的年龄，一天到晚跟前跟后，老问"为什么"：

"为什么小狗会汪汪叫、小猫会喵喵叫，可蚂蚁却不会叫？”

"为什么我有这么多牙齿，妹妹一颗也没有？"

"为什么超人会飞，你不会？"

"为什么蜘蛛会织网，壁虎不会？"

为什么，为什么，为什么……

我被他这些大大小小问之不尽的问题弄得精疲力竭，只好"逆教育原理而行"，反问他：

"为什么你不自己去找答案？"

他吮着手指，歪着头，苦思冥想；想不出，又开口了：

"妈妈，为什么猴子有尾巴，我没有？"

方义呢，是个一时半刻也静不下来的多动儿，爬高爬低、跳上跳下，化身为孙悟空，把家里当作花果山，闹得天翻地覆，有时，还把弟弟带着一起胡闹。

有一回，我在楼上照顾婴儿，楼下传来了两人乱喊乱叫的声音，从窗口向下俯瞰，看到兄弟俩穷极无聊地绕着屋子跑，跑了一圈又一圈，乐此不疲。跑呀跑的，一个不小心，踩着了地上滚圆的小石子，一前一后地跌了个四脚朝天。方义凭过去的经验，知道"天助自助者"，所以，很快便爬起来了；方德还不谙这个道理，赖在地上，哭哭哭，哭得天荒地老。方义喊他："起来，站起来！"他抽抽搭搭地哭着说："妈妈，我要妈妈！"方义"哼"了一声，说："妈妈才不管你呢！"方德继续"细水长流"地哭，方义不耐烦了，以命令式的口吻说道："我喊三声，你就得站起来。"说着，他跳到方德身边，以极有权威的声音喊道："一、二、三！"方德是个识时务的小俊杰，眼看救兵没到，只好鸣金收兵，灰头土脸地爬起来，用左右两边的袖子拭擦眼泪，这时，方义又变成了大将军，发出了一个字的命令："跑！"一个将军一个兵，又一前一后地跑了起来，长长短短两个影子，热热闹闹地在地上追逐着。

站在楼上无意间把这一幕收诸眼底的我，忍不住欣慰地微笑。

孩子跌倒，生活观不同的父母亲，有着截然不同的处理方式。

一类父母，会拣宝似的把孩子抱起来，百般呵护，千般安慰，好像他本人就是绊倒孩子的"罪魁祸首"。孩子日后成长而在人生的道路上摔跤，便会一筹莫展地等人来扶、来抱、来抚慰。

一类父母，会在孩子跌倒而哭闹不休时，买糖果、买饼干来让他止哭。自此之后，孩子便知道，哭泣是一种可资利用的手段。跌倒后，纵是不痛，也耍赖地哭个天翻地覆。成长后遇上挫折，即使有站起来的能耐，也赖着不站，他总误以为他跌倒是世界负欠了他。

一类父母，孩子一跌倒，他们便会大力拍打地板，说着童言童语："地板坏，地板坏坏坏！"孩子于是不明就里地认为害他跌倒的是地板。长大后，遇到问题，往往便会归咎他人，推卸责任。

我呢，总会明确地让孩子知道：跌倒，是因为自己不小心，责任自负。我只有在他们真的需要我时，才伸出援手。我的孩子都很清楚这个规则，所以，一旦跌倒，都会想办法自己站起来。长期在这样一种刻意的磨砺下，他们的性格都变得独立而坚强。

有空时，我便和他们一起玩益智游戏。

我们一起拼凑汽车、轮船、飞机模型、堆叠积木、搓揉彩色泥团、玩填色游戏，等等，寓教于玩，借着种种饶具兴味的游戏开发他们的智力和脑力。

看着他们坐在玩具堆里起劲而投入地玩着，我觉得他们真是幸运而又幸福的一代。

我的父母，生长于战乱时期，玩具是方是圆根本不知道；到了我的童年，家境拮据，每年总苦苦地等着圣诞节来临，盼的是挂在床头那一只装满礼物的袋子。

现在，我的孩子，想啥有啥，要啥有啥，风和雨，一呼即来，不呼也来。然而，正因为一切来得太容易了，他们不懂得珍惜。玩具，玩不上几回便厌了，要求买新的。

为了培养他们惜物、惜福的心态，在他们年龄稍长时，我便分发零用钱给他们，由他们自行支配。要买玩具吗？必须动用自己的零用钱。这样一来，他们不但不会随意乱买，就算看到自己所喜欢的东西，也会三思而行，减少了许多无谓的浪费。

时光流逝如水，原本只能平平躺着的小可君，现在，会翻身了，会坐起来了，慢慢地，长牙齿了，一颗、两颗、三颗，可以吃粥了，接着，会叫爸爸妈妈了，啊啊啊，看孩子成长，着实比观赏魔术大师 David Copperfield（大卫·科波菲尔）的表演更为精彩、更为神奇！

尽管小可君急遽的成长带给我无尽的乐趣，然而，到了她学习走路时，我的梦魇也来了。

偌大的屋子，"陷阱"处处，楼梯、电插头、电线、有着尖角的家具、易碎的摆设品，全都是"地雷"。"邯郸学步"的她，跌跌撞撞地走；疲累不堪的我，亦步亦趋地跟，半点儿也不敢掉以轻心，因为呵，一个失误便可能带来终生难以弥补的遗憾。

尽管有时累得像一株萎蔫的植物，可是，孩子成长期间点点滴滴的童趣，就像阳光雨露肥料，使植物一碰触立刻便变得生机勃勃。这些童趣，宛如一口深不见底的井，日日掏，月月掏，依然掏之不尽。

看着孙悟空般跳来跳去的孩子，父母的心，满满都是矛盾。

一方面，希望孩子快点长大，好让父母早日摆脱疲累的桎梏；另一方面，却又担心孩子长得太快，无法再享受他们天真无邪的童言童语。

孩子呢，就在父母这种亦忧亦喜的矛盾心态里，一寸一寸自得其乐地向上蹿长、蹿长……

风筝时期

上了中学后，孙悟空般的孩子，一个个忽然变成了"风筝"。

他们有了自己的社交圈子，对于许多事情也都有了自己的想法。

初尝自由滋味的他们，就像冲天而去的风筝，满怀新奇地看到天幕的辽阔与美好，但却全然感受不到天空里潜伏着的危险。

风筝长长的线，握在父母手里，风筝飞呀飞的，飞得愈高便愈想挣脱父母的掌握；父母呢，将紧握在手中的线一点一点地放开、放松，放放放、放放放，他们不能，不敢，也不可以全放，可是，孩子看不到父母的用心和苦心，于是，他们拉，父母扯，在拉拉扯扯间，便无可避免地有了冲突与摩擦。

这天晚上，用过晚膳后，初上中学的可君抢着洗碗，我心想：女儿毕竟贴心，知道妈妈辛苦，刻意分担工作。

洗完碗后，她甜甜地问我：

"妈妈，我帮您按摩，好吗？"

"好呀！"我高兴地应道。

长期使用电脑，我的颈项肩背时常酸痛难抑。正当我舒舒服服地享受着她柔软的小手在我肩背间来回摩挲时，冷不丁她开口说道：

"妈妈，这个周末，我想到朋友的家过夜，可以吗？"

我想也不想，便说：

"不行！"

看到她脸上涌起的那份受伤的神色，我赶快补充道：

"请你的朋友到家里来玩吧，玩够了，便让你爸爸送她们回家去，不要过夜，妈妈都不放心孩子在外面过夜的！"

"可是，明天丽丽生日，大家都在她家过夜呢！"

见我不出声，她又昵着声音说道：

"妈妈，求求您，求求您啦！"

我拗不过她，只好给丽丽的母亲拨了个电话，证实一切属实后，勉强颔首。

她打点行装，欢天喜地、迫不及待地，像一只看到笼门敞开的小鸟，扑着快乐的翅膀，飞了出去，留下初尝失眠滋味的妈妈。

又有一回，从学校回来，她一脸凝重地问我：

"妈妈，您常常说助人为快乐之本，对吗？"

我说："没错呀！"

她说："现在，我朋友遇到麻烦，我该出手帮助她了。"

"遇到麻烦？"我调侃地说，"被谁追杀了？"

"妈妈！"她生气地应道，"我和您商量正经事，您怎么可以开玩笑！"

我赶快收敛了笑容，正色应道："好，好，你说，你说。"

她正气凛然地说：

"我的朋友慧兰，被她妈妈虐待，她想离家出走，我们收留她，可以吗？"

我问她：

"如果她母亲报警，警察上门来找，怎么办？"

她天真地答：

"我们可以把她藏起来呀！"

我严正地分析道：

"这是治标不治根的方法，再说，清官难审家中事，她们母女俩到底谁是谁非，也难说得准。如果她真有被母亲虐待的证据，可以到福利部去寻求协助呀！"

由于我没有让她当上那"路见不平、拔刀相助"的侠女，她也一连几天冷脸相向。尽管她那"发霉"的脸色让我很不舒服，可是，考虑到这个年龄层的孩子有着比玻璃更易碎的心，我也只好隐忍在心，视而不见了。

忍着、忍着，有一天，忽然守得云开见月明，我又看见她睽违已久的笑容了：

"妈妈，我好想喝您炖的人参鸡汤啊！"

这是一个握手言和的信号，我二话不说，飞车到超级市场，买鲜鸡、人参，为雨过天晴的女儿洗手做羹汤。汤熬好后，她"呼噜呼噜"地喝着，喝着，汤里的甜味，全都溢到脸上来了。我欣慰地看着她，冷不防她突然开口说道：

"妈妈，依贝沙邀我到她的家住几天……"

原本心情极好的我，又赶快穿上了那件"无形的盔甲"，准备应战了……

唉！

处在"风筝期"的孩子，虽然百般刁钻地想摆脱父母手中牵着的那根线，可是，父母如果懂得风筝的收放之道，适时地放一点、再放一点；又在适当的时候拉回来、再拉回来，孩子依然是在掌控中的。

我觉得亲子关系最为困难的时期，是在"风筝期"过后的"刺猬期"。一旦处理不好，便会在双方的心房里刮出难以治愈的伤痕。

方义和方德在"风筝期"过后的十七岁之龄，便负笈海外了。只有可君，留在新加坡修读高中课程，母女俩因此而必须共渡困难的"刺猬期"。

新年的跫音近了、近了，响在大街小巷的贺年歌曲，甜得仿佛会泌出糖分来。

然而，屋子里，却有着和屋外全然不协调的气氛。

母女俩在怄气——为了过年所该穿的衣服而衍生歧见。

每一年，我们一家子都会回返山城怡保的婆家过年，给孩子买新衣，我总是应景地选些喜色和亮色的。一屋子的红彤彤，就像无声的爆竹，喜气逼人来。

这一年，初上高中的女儿要求我让她自个儿选购衣服，我心想，她已长大，有了自己的品位和喜好，也就点头答应了。然而，没有想到，她选购的竟是全黑的吊带短裙——黑得十分彻底、十分阴沉，像深不可测的死海！

我一看，便尖嚷出声："过年哪，怎么能穿黑衣！"

女儿嘟嘟嚷嚷地应："黑色是今年最流行的颜色，为什么不能穿！"

我斩钉截铁地说："三百六十五天，就是年初一这天不能穿！"

她毫不妥协地应："年初一又有什么

特别！"

我耐着性子解释："根据华人的传统，年初一穿黑衣是不吉利的！"

她满脸的桀骜不驯："那是旧时代的迷信，为什么我们要遵循！"

我忍着气，继续说道："就算是迷信吧，难道一年一次我们就不能顺顺长辈的心意吗？你在喜气洋洋的大年初一，穿得黑不溜秋地在婆婆跟前晃来晃去，你想她心里会好过吗？"

她一脸的不悦、不服，快快回房去，"嘭"的一声把房门大力关上。

生活里类似这样的争执，时时都有。

过去，她穿的衣服全由我包办，买什么，穿什么。现在呢，不论我买什么，她都不爱穿。有时，崭新的衣服，搁在衣柜里，任由发霉。不得已，只好让她自行选购，可是，她买的，我横看竖看都不顺眼。不是嫌领口太低，便是嫌裙子太短；不是觉得颜色太暗沉，便认为款式太暴露。但是，我一开口，她便认定是代沟在作祟。母女俩像两块石头，一碰在一起，便闪出灼热的火花，烧得人雪雪呼痛！

处在发育期的她，越长，越瘦。

瘦，是因为刻意节食的结果。

她把油当作克星，把肉看成仇敌，把淀粉视为毒药，不沾、不吃、不碰。只吃蔬菜、水果、蒸鱼。每回外出用餐，在点菜时，总得再三嘱咐侍者：炒菜少油、蒸鱼免油。纵是如此，菜和鱼端上来时，只要闪出一丁点儿的油光，她便罢吃，往往弄得我火冒三丈而不得不开口骂她，结果呢，不欢而散。

非常担心她会罹患厌食症，但是，硬碰硬的结果又是两败俱伤，痛定思痛，我改弦易辙，一方面在杂志和报章上搜集网罗厌食症病患者那些貌似骷髅的照片，放在她桌上，当作是无声的警钟；另一方面，又买了多种维他命丸，让她服食。

她在服食维他命丸的同时，也尝到了妈妈的苦心和爱心，身上那一根根直直竖立着的刺，也就不那么尖、那么利了。

进入了"刺猬期"的女儿，让我觉得最难适应的是：她由一只终日叽叽喳喳的小喜鹊，变成了一个成天不吭声的闷葫芦。

过去，每晚总亲昵地挨到我身畔来，话东道西，说个没完没了。她的快乐与烦恼、得意与失意，都无所遁形地让我看得一清二楚。然而，现在呢，问一句，答半句；能不说，则不说。

她的话，都去向朋友说了。

每天放学回家，把电话筒当耳环，挂在耳上，讲讲讲、讲讲讲，天长地久有时尽，此"话"绵绵无绝期。不讲电话时，她便写日记，写写写、写写写，把排山倒海的话都倾泻在日记本子里了。

我很失落。

但是，理智告诉我，这是每个"刺猬期"的孩子都会患上的"叛逆症"，就像麻疹和水痘，蓬蓬勃勃、兴兴旺旺地发上一阵子，便会像风一般地过去了。然后，然后呢，他们的注意力便会转回来，重新看到曾经一度被他们所忽略与漠视的"守护天使"。

我只有默默地等，等她的"蓦然回首"。

在这期间，我也常为她出门的问题起冲突。

家里，她有个宽敞的房间，房里设备齐全；然而，她放学不回家，却与朋友长时间待在快餐店里。要她回家，她推说在学习小组里能够学得更好。于是，我说："带你朋友回家来一起读呀！"她说朋友觉得太拘束了；我又说："那你们应该留在校园里读啊！"她说校园气氛太肃穆；我说："快餐店太杂了呀，人潮川流不息，闹声喧天，读书又怎么能入心入脑？"她说年轻人都喜欢那氛围。唉，真是"道不同不相为谋"呵！

到了周末，一大早出去，回来时已是星辰满天。

星期天也一样。

忍忍忍，忍到一个限度，终于好像吹得过满的气球一样，"啪"一声爆了。我骂她，她闷声不响，大大的眸子噙满了晶亮的泪水。半晌，突然开腔说道：

"妈妈，您老是希望我像小时一样，时时刻刻陪在您身边，可是，你有没有想到，我已经长大了，我有我的朋友、我的世界、我的天地。就好像老鹰和小鹰一样，如果小鹰老是待在窝里，怎么学飞呢？鹰妈妈让小鹰离巢而去，为的是让它看得更远、飞得更高。小鹰的翅膀硬了，飞得稳了，它会回来的，它会衔着虫子回来，好好地喂鹰妈妈，把鹰妈妈照顾得好好的。"

隔了四年后的今天，在我以笔忆述这事时，我依然清晰地记得当时心里的悸动和感动。

我在竹子一寸一寸地向上蹿长的当儿，依然把竹子看成是嫩弱的竹笋，这是多么错误的一种心态啊！

了解了她的心情后，我顺应了她渴望自由的心意，放宽了对她的管束。

我知道，在蓝空里翱翔的小鹰，有一天会回来，一定会。回来时，它会带回一道七色的彩虹，把那个它从来也不曾放弃过的老巢装点得七彩璀璨。

在孩子整个成长过程里，我们必须不断地顺应孩子心理与生理的变化而相应地作出调整；有时，我们得双眼圆睁地看紧他们——管得严，是为了管得好；然而，有时，我们却得"一只眼开，一只眼闭"地装聋作哑——不去管，是为了能够管得更好。

"活到老，学到老"，当父母，是一门纵使学习一辈子也依然学之不尽的学问啊！

［第十一章］

足履世界

翻开家里的相册，有一张意义特殊的照片，我想，即使患上了失忆症，我依然还是不会忘记当时的感受的。

这张照片，是在泰国的曼谷拍的。

三岁的可君，伏在杯盘狼藉的桌子上呼噜大睡，脸上还残留着斑驳的泪痕；五岁的方德，抓着淌油的烧烤鸡腿，吃得津津有味，馋相毕露；十岁的方义，头颅和爸爸亲密地凑在一起，共看地图。

孩子一满三岁，我们便开始带他们出国旅行。原因是三岁过后，孩子能跑会跳，彻底摆脱尿布奶瓶的羁绊，对五光十色的世界开始产生好奇，是极好的启蒙年龄。

然而，可君第一次出国，却在曼谷碰上一件令我魂飞魄散，迄今回想犹有余悸的事情。

那一天，我们一家子打算到《旅游指南》大力推荐的一家餐馆用餐，在由旅馆走向餐馆的当儿，日胜拿着活动摄影机，专注地拍摄街景，三个孩子一蹦一跳地跟着，我呢，殿后。

街边有人摆卖塑胶水枪，两个儿子停下脚步，蹲在摊子前方，意兴勃勃地看，吵着要买。我一边掏钱一边暗笑，家里以电池操作的"高科技"玩具应有尽有，现在，他俩居然对这土里土气的小玩意动心，真是"返璞归真"了！

给两人各买一把，他们一枪在手，立刻便神气活现，嘴里"乒乓"有声，彼此对"轰"。

日胜以活动摄影机拍他们，他们跑着、跳着、喊着，闹得极欢。

我微笑地看着这一切，心里想道：童真稍纵即逝，幸好可以靠摄影保留回忆。就在这时，我突然意识到不对劲了，立刻朝日胜大声喊道：

"可君呢？可君在哪里？"

日胜停下动作，转向我，一脸茫然地应：

"她不是一直跟在你身边的吗？"

恐惧像一条蟒蛇，快速地卷上身来，我发出了石破天惊的喊声：

"可君，可君，可君！"

如果天幕是玻璃做成的，恐怕也会被我此刻的喊声震得裂成碎块。

"可君，可君！"

当我再次开口大喊时，有弥天大祸兜头罩下的感觉，明明是走在平地上，但却步步是楼、步步踩空，我觉得自己快要发疯了。

日胜迈着大步往前走，冷静而又镇静地四处张望，我束手无策地跟在后面，又喊，再喊，像一头陷入火海的困兽，凄厉的喊声，充满了噬骨的惊恐。

就在这时，有个熟悉的哭声宛若天籁般传了过来，由远而近，再近，更近；窄窄的巷子里，奇迹似的走出了一位妇人，手里抱着的，不正是我亲爱的女儿吗？

哭得声嘶力竭的女儿，一看到我，便像行将枯萎的小草碰到甘露，挣扎着朝我扑过来。

阳光一下子便洒满了我的心房，我张开双手，抱她入怀，激动难抑，眼泪扑簌簌地掉落一地。

肤色黧黑的妇人，以英语结结巴巴地解释道：

"她在巷子里乱走，一边走，一边哭，我看见了，便抱了她，等你们回来找，要不然，她越走越远，你们便寻不着了。后来，听到你的喊声，猜想大约是你在找她，所以……"

我高度惊慌的脑筋，还处于混乱的状态中，现在，失而复得，除了一迭声地说着"谢谢谢谢谢谢呵谢谢"之外，迟钝的舌头，竟说不出别的话来。

妇人的仁慈善良，是我一生一世的感激。

小可君刚才究竟是怎么脱离"团队"而自个儿走到另一条小巷去的呢？这一直是我百思不得其解的谜团。

这件事的发生，使我从此提高了警觉。

旅行，虽然是赏心悦事，但带孩子出门，却绝对不能掉以轻心。有时，一个小小的失误，便可能带来终生无可弥补的遗憾。

那一天，我们一家子坐在餐馆里用餐，即连白米饭，咀嚼在嘴里也觉得特别香甜。

吃得七七八八之后，可君伏在杯盘狼藉的桌子上呼噜大睡，脸上还残留着斑驳的泪痕；方德抓着淌油的烧烤鸡腿，吃得津津有味，馋相毕露；方义头颅和爸爸亲密地凑在一起，共看地图。

我呢，拿起了相机，"咔嚓"一声，把这一幕拍了下来。

拍这照片时，心里涌满了幸福的感觉。

有时，幸与不幸，仅仅只是一线之隔而已。

这一年，我们一家子到新西兰去。

在机场的候机室，我和孩子"温习"新西兰的历史。

我问："最先入居新西兰的，是哪一个种族？"

孩子们毫不含糊地答道："毛利族（Maoris）。"

我又问："他们是怎么到新西兰去的？"

他们又齐声应道："坐独木舟去的。"

我问："几时去的？"

这可难倒了他们，他们搔首挠耳，面面相觑。

我细说从头：

"十四世纪，有一群毛利人，分别坐着七艘长形的独木舟，在海上和汹涌的波涛搏斗了好几个星期，借着海上飞鸟和星象的引导，才来到了这个风景优美的海岛新西兰，在此定居，发展了他们独特的语言、音乐和民族文化。十六世纪之后，西方人才发现了新西兰。起初，英国政府对新西兰并不重视，后来，愈来愈多的英国人在闲暇时到这个风景绮丽的地方度假，到了十八世纪，新西兰终于正式拼入了英国的版图。1947 年，新西兰才脱离英国而独立。"

我口沫横飞地说，孩子全神贯注地听。唐诗三百首，熟背之后，不会写，也会吟；同样的，有关的常识说得多，多少也能入心入脑吧！

我尽量灌输孩子有关新西兰的历史、地理、政治等常识，主要是让他们清楚地知道，旅行的意义不仅限于吃喝玩乐而已。旅行，实际上是和其他的国家交朋友，如果说，进了别人的家门，对于别人的一切却连皮毛也不知道，不是贻笑大方吗？

在这种刻意的努力下，孩子上飞机之前，已清楚地知道新西兰在地理形势上可以分为南北两个主岛；北岛风光优美，有许多火山、温泉、瀑布；南岛呢，为著名的南阿尔卑斯山所纵贯，魅力无穷，有着终年积雪的崇山峻岭、景观奇特的冰川、绵羊遍地的平原。

孩子们也清楚地知道，地广人稀的新西兰，主要的经济命脉是畜牧业，羊和牛是最大的资产。

这些简单的基础常识，使他们对于即将住上三周的地方充满了好奇与向往。

为了让孩子们能有机会切切实实地了解畜牧生涯的苦与乐，我们特地作了安排，到北岛中部一家牧场下榻几日。

日胜驾着租来的车子驰骋于路上，十五岁的方义坐在前面，拿着地图，发施号令："左转。"日胜将轮盘转向左边。车子走了一段路之后，他又说："前面右转。"

日胜皱了皱眉头，说："我看不对，你再仔细瞧瞧。"方义将地图转来转去看，看了一会儿之后，坚持地说："该右转，没错。"日胜依他所言，在前方右转，不久，来到了一个十字路口，又偏头问他："然后呢？"他信心十足地说："左转。"日胜左转，行驶不久之后，将车子停在路边，把地图拿了过来，对照路名，然后，用红笔画出了我们的所在地，嘱方义细看。他一看，面露赧色，喏嗫地说："我，我搞错了……"日胜问他："你知道错在哪里吗？"他点头应道："我错过了一个路口，转错了方向！"

因为他这个错误，我们多走了一段不该走的冤枉路。

其实，日胜早已发现他的错误，之所以没有及时纠正而故意"跟着错误走"，主要的原因是刻意让孩子在错误中学习，从而加强学习的印象。

三个孩子在旅行时接受了爸爸这种"按图寻骥"的训练，都有了很好的方向感和辨识道路的能力，而这种能力，也在日后成了他们身上一对无形的翅膀。

我们下榻的牧场，景色惊人地美，翠绿的山坡，高高低低，绵延无尽，像起伏不定的海涛。山坡上长了许多金雀枝，灿烂耀目的黄花，一簇簇热热闹闹地挂在枝头上，像一丛丛黄色的火，把绿绿的原野烧得亮晃晃的。

主人格尔汉，在占地八百多亩的大牧场里，养了4000多头羊，500多头牛。毕业于新西兰大学农业与畜牧学系的格尔汉，是以一种管理企业的方式来经营畜牧业的。他花了足足一整年的时间，把六条壮硕的牧羊狗训练得言听计从，帮忙他管理他的"牛羊王国"。

他一脸得意地说：

"训练狗，就和教育孩子一样，必须软硬兼施，赏罚分明。"

说着，噘起嘴唇，发出了不同的口哨声，六条狗，俯首听命，起、立、行、蹲、坐，一丝不苟。

孩子们看得目瞪口呆，我呢，心悦诚服。

然而，让我们衷心佩服的事，还在后头呢！

当天傍晚，我们坐在格尔汉的卡车上，看他赶羊回栏。

格尔汉一面驾车，一面拿着口哨拼命地吹，像个指挥若定的大将军。六条敏捷的狗，便依据变化有致的口哨行事，奔跑、跳跃、追逐、领路、殿后，各司其职。它们狂奔、狂吠，凶悍、有劲、霸气而又神气。多得数也数不尽的绵羊，就在这口哨声和狗吠声中，发疯似的跑，跑跑跑，凌乱的脚步声，铺天盖地；羊群渐跑渐远，细瘦的小腿、浑圆的身体，化成了无数无数令人目眩的小圆点。

那一千多头羊被赶回羊栏后，格尔汉又马不停蹄地和那六条忠心耿耿的狗到另一个山坡去赶羊。就这样赶了一次又一次，直到他所畜养的四千余头羊全被赶回羊栏为止。

我问他为什么不请个助手，他苦笑地说："请不起。"顿了顿，又淡淡地说，"工作太辛苦了，连我太太都不肯帮忙哪！"

格尔汉毕业于新西兰大学农业与畜牧学系，成绩极好，校方原本有意留他当研究员，可他却选择了畜牧业。他的妻子，是会计师，对他的决定，颇有微词。对此，他振振有词地说道：

　　"当年，在大学苦读理论，不就是希望有机会将理论付诸实施吗？如果我毕业后躲在冷气房里当研究员，那么，我那张大学文凭和废纸又有什么两样？"

　　他的妻子叹了一口气，说：

　　"我就是为了他的这一份执着而让了步。从事畜牧业虽然辛苦无比，但在精神上，他快乐而又满足，我想，这是比什么都重要的！"

　　那天晚上，通过这个牧场主人，孩子们都深刻而具体地了解了敬业乐业的大道理。

这辆面包车，是我们在海南岛北部的大城海口雇下的。

车子里，载着我和日胜、三个孩子，还有离开家乡半个世纪而今回乡省亲的婆母。堆在车后的行李，形成了一个小丘，除了车中各人的随身衣物外，多半是准备送给乡亲父老的礼品，用的、吃的、穿的，都有。

婆母出生与成长的名门村，坐落于海南岛东北部文昌县（现为文昌市）的迈号镇，距离海口七十多里。

1991年，方义十四岁，方德九岁，可君七岁，我们策划了海南岛之旅，主要的目的是让他们看看祖先生活的地方，让他们对琼州话的发源地有个了解，还有，让他们接触另一种截然不同的生活形式，扩大视野。

车子经过了无数的小村庄之后，终于转进了一条弯曲狭窄的泥路。两边都是丛林，车子就在泥路上颠颠簸簸地前进。

素来心静如水的婆母，脸上突然出现了异常复杂的表情。为了这一趟回乡省亲，她曾在多少个无眠的夜里被那悲喜交集的情愫反反复复地折磨着！当年离开家乡时，她是及笄年华的新婚少妇，今日重归故里，却已是鸡皮鹤发的老妪了；五十余年岁月，经历了多少离乱变故、多少生离死别、多少人事沧桑啊！近乡情怯，婆母心头的感触、婆母内心的激动，此刻，都明明白白地写在她闪烁不定的眸子里了！

乡亲父老，都伫立在村口等候。一眼望过去，密密麻麻的，全是黑压压的人头。车子一停下，村子里便响起了"噼噼啪啪"的爆竹声，一串串红彤彤的火光闪过之后，纸屑纷纷扬扬地落满一地，喜气遂从村子里的各个角落活活泼泼地窜了出来、散了开来。

婆母被乡亲父老簇拥入屋，走进了时光的隧道，重温半个世纪前的亲情、友情、乡情。

可是，我的孩子呢，反应却全然不同。

两个儿子以陌生的眼光看着眼前的一切，女儿呢，目睹满地的猪粪和鸡粪，闻到空气里那浑浊恶臭的气息，不适应，也不喜欢，不顾一切地放声大哭。

我把行李安顿好之后，带他们四处溜达。

乡村景致和钢骨水泥森林相比较，着实有天渊之别，他们走着、走着，慢慢地，兴趣被挑起来了，渐渐地，忘了刚才的陌生与不快。

名门村原本住了九十余户李姓人家，最近这五十余年来，有些住户迁往大城市，现在仅剩七十余户，多以务农为生。秋收过后，春播未至，一根根硬硬的稻秆，寂寞而固执地立在清冷无人的田地里，走了好久好久，才看到一名肤色黧黑的汉子以蜗牛般的速度赶着水牛在犁田。

孩子们日日大嚼白米饭，却从来不曾见过田中稻穗，现在，看到农户把金灿灿的稻谷摊在地上曝晒，再听农夫耐心解释播种耕种而至收割稻粱、筛禾舂谷、去除糠壳而成雪白大米的整个过程后，始知盘中餐，粒粒皆辛苦！

他们天天吃猪肉，却从来也不曾看过猪走的样子，现在，看到体态臃肿的大肥猪脑满肠肥地走来走去，都觉得十分刺激，纷纷化身为孙悟空，在大肥猪身畔跳来跳去，恣意欺负这未曾化妆的"猪八戒"。

名门村的居民，百分之九十仍然靠井水为生，只有百分之十经济较为充裕的家庭，才装置了抽水机。

村里，有一口远近知名的井，唤作"圆月井"。它可说是名门村的无价之宝，几百年来，井水从不干涸；逢及旱季，邻村的井滴水全无，圆月井却依然水位高涨。远近村庄的居民纷纷前来挑水，挑呀挑的，可是，圆月井的水位却奇迹般保持着原来的高度。村民炊食和饮用的水、洗涤衣物和洗澡洁身的水，全靠它。

我们以寻宝的心情来看这井。

圆月井其实不是圆的，它呈半月形，井水清澈见底，深仅六尺，井里有许多小若拇指的鱼游来游去。

婆母指着那些鱼，一脸喜色地告诉我们：

"等鱼儿长到巴掌般大时，村民便会捞了回家煮来吃。奇怪的是，不论捞多少回，抓多少尾，鱼儿依然生生不息地从井里涌出来。"

我伸手进去，舀出一掌心的井水，喝。

一股自然的甜味和凉意沿喉而下，我贪婪地喝了一口又一口，有一种畅饮琼津玉浆的痛快感和舒适感。

孩子们大喝特喝，无比开心。

村姑络绎不绝地前来挑水，两只水桶装满之后，沉沉地挂在扁担两头，健步如飞地赶回家去；通常总得往返十多回，才挑够一家人所要用的水。

这口井，任劳任怨地为村民默默服务，年年如此，日日如是。

孩子们虽然喜欢井水自然的甜味，可是，却非常怀念自己家里那种一扭开水喉便有自来水流出的便利。

村民在圆月井旁用砖块砌起了一所陋屋，上无屋顶，不设门户，留了一个窄窄的出口，以此当作冲凉房。我们利用圆月井的水洗过澡之后，便缓缓地走回农舍去。

远远地，便看到缕缕交缠着饭香与菜香的炊烟轻轻升起，将坠未坠的夕阳风情万种地挂在椰子树梢上。由夕阳漾出的那一抹华彩，把山边的云彩映照得好似金黄色的绸缎般华丽，即连那缥缥缈缈的炊烟，也因为染上了这艳丽的色泽而展现了一种全然不属于农庄的富贵气息。

乡亲们为了我们这几位远来的客人而在厨房里忙得团团转。

砖砌的灶子上，稳稳地坐着一个黑锅，惊人地大，直径三尺来长，深达一尺半，一次可以炒上足够十个人享用的菜肴。大灶旁边，堆满了干柴，有人不时在灶下的火堆里添柴。那一团熊熊燃烧着的火，像此刻众人的心，明亮而温暖。大盘大盘的肉、大把大把的菜，都切好、摘好，静待下锅。

屋子太小，乡亲把两张大大的桌子摆在两排房屋前面的空地上。

那是空前丰盛的一餐，鸡鸭鱼肉，样样齐全。鸡是白斩的，鸭是酱卤的，鱼有两盘，一盘是清蒸的、一盘是干煎的，五花肉是水煮的。蔬菜呢，有典型的琼州杂菜、冬粉白菜、长豆、包菜。这九大盘菜肴，加上一大碗汤，使整张桌子显得"拥挤不堪"。乡亲也买来了各种各样的酒，计有黄梨酒、葡萄酒、鹿茸酒、啤酒，还有，五粮液，人人都准备来个无醉不归啊！

席间，众人劝吃、劝酒，叙旧、话新，欢声笑语汇成了一条长长的河，忽而流向东，忽而流向西。

吃着、聊着，天色渐暗。长长的两排屋子，只用了一粒灯泡，灯泡连接着长长的电线，孤零零地吊在半空中，在微弱的光晕里孤芳自赏。桌上的食物，由五彩缤纷而至黯淡无色而至形状不辨，看上去黑糊糊的，这里一团、那里一堆。我好像骤然被人由一张鲜艳华丽的彩色照片抽离出来，置入一张发黄褪色的黑白照片内。乡亲父老依然兴致勃勃地高谈阔论，放怀大吃；此时此刻，他们嘴里咀嚼的，已不是食物了，他们在细细品尝隔了半个世纪而依然不曾变色变味的那一份贴心的亲情和乡情。

在乡村的这几日里，三个孩子接触了一种全然陌生而又无比新鲜的生活，在挥手道别名门村时，初来时那种排斥的心理不但消失得无影无踪，而且，还变得依依不舍哪！

一双翅膀

多年以来，我们常常以自助旅行的方式带孩子出门。

平常，我和日胜就像两条大河，毫不停息地向前奔流；由大河分岔出来的这三道小溪，各有各的方向；然而，每隔一段时间，我们总会带孩子们出远门旅行；这时，这"三道小溪"，便快快乐乐地在"两条大河"里汇集了。

旅行，除了增强家庭的凝聚力之外，最大的好处便是启发孩子的智力了。

每一趟旅行，都是一次多元化的启蒙教育——这包括了地理和历史常识的灌输、美学与鉴赏能力的培育、创意思维与逻辑学的训练，等等。认真说起来，"读万卷书"和"行万里路"这两句话，中间是有着一个等号的。

旅行期间，由于所有的训练都是不着痕迹地蕴藏于吃喝玩乐中的，孩子自然十分受落。往往在出发旅行前，他们引颈企待，兴奋难抑；旅行归来后，他们回味无穷，津津乐道。

让我觉得十分欣慰的是：孩子们成长之后，都有着很强的独立精神、大胆的冒险精神，而且，也都能独当一面地自行策划旅程。

为孩子们安装一双翅膀，是我们给予他们一份最好的礼物。

［第十二章］

负笈海外

　　我在年纪很小的时候，便立下志愿，要与文字缔结一生一世的缘分。在强烈兴趣的牵引下，我朝这个方向作出了不懈的努力，攀上了一个小丘之后，又立志去攀另一座小山。

　　由于目标明确，我的人生，充实而圆满。

　　深深感谢我的父母亲，尊重我的兴趣，在上大学时，给予我充分的自由，让我选读我所喜欢的学科。

　　兴趣，是所有努力的原动力和驱策力，也是铸造快乐人生的主要原料。

　　在孩子成长的整个过程当中，我很努力地灌输他们两个重要的概念：乐业与敬业。永远相信：唯有乐业，才能敬业；唯有敬业，才能立业。

　　兴趣，应该是大学选科与未来工作的主导；而兴趣与创意，又是"孪生兄弟"，有了兴趣，才能不断地开发创意；有了创意，才不会老在原地踏步。否则，日复一日地过着像钟摆般一成不变的日子，旷日持久，整个人都长出了斑斑霉点。

　　记得第一次问长子方义将来要做什么时，他年方五岁。

　　当时，他正坐在一大堆迷你型的车子当

中，玩得不亦乐乎，连头也不抬，便应道：

"我要驾巴士，我喜欢驾巴士。"

"驾巴士？天天做同样的工作，走同样的路线，很枯燥的呀！"我说。

"我喜欢。"他矢志不移地应。

"好，就驾巴士。"我顺水推舟而又设法辅导，"你想想，巴士的设备有没有什么可以改善的？"

他眯着眼睛想了一会儿，说：

"我想在巴士里面装个水龙头。"

我哈哈大笑，追问道：

"在巴士里装水龙头干吗呀？"

他一本正经地应：

"巴士司机可以喝水呀，还可以洗手！"

嘿，真是异想天开！可是，对我而言，"异想"好过"不想"。最怕那些不肯动脑筋的人，天天沿着一模一样的轨道过活，过十年和过一天，毫无差别。

方义从小便对汽车有特殊爱好，带他逛百货市场，他只看、只选、只买迷你型的车子。各种颜色、各类款式，应有尽有。桌上摆满了，便摆在桌下；床上摆不下了，便堆在床底。有时，睡着了，嘴里还发出"呜呜"的声音，据我猜想，他也许正驾着车子驰骋于"梦中大道"吧！

他是个多动儿，为了让他安静下来，我"投其所好"，买了许多需要自行拼凑安装的塑胶模型汽车，让他动手亦动脑。坦白说，这些结构复杂的模型汽车，是不容易拼凑的，可是，由于他兴趣浓厚，加上脑子灵活，再复杂的模型，也难不倒他。他趴在桌上全神贯注地做，做好了便神采飞扬地捧着它满屋乱跑；之后，把模型放在桌上，左看右看、横看竖看，每看一眼，都有一次的欢喜。

他还喜欢翻阅汽车杂志，在五六岁之龄，便能准确无误地说出各类汽车的性能和特色。

他的兴趣，是这样的明确和强烈，像阳光下的影子，一清二楚。

1993年，他中四①毕业，我和日胜决定在他履行国民服役前，让他先完成大学教育。

1994年，他十七岁，报读 University of Tennessee（美国田纳西大学），选了他所喜欢的机械工程系。

为了培养他独立行事的能力，我和日胜都没有陪他出国办入学手续，只将他送到樟宜机场，便在闸门处与他挥手道别。他个子不高，可是，长期不懈的运动为他锻炼出一副结实的好身体，看着宽肩厚背的他在视线里慢慢地变成一个小小的黑点儿，渐渐地消失不见了，我心中的五味瓶打翻了，有不舍，也有不安；有欣喜，也有欣慰；有惆怅，也有迷惑。

我做对了吗？

他性格还不成熟，我便将手中的线放开了，让他自

① 中学四年级，等同于中国的高三。

由翱翔于异国辽阔的蓝空里，万一孤飞的风筝遇上骤来的暴雨，他应付得了吗？

日胜看着双目噙泪的我，说：

"孩子不经磨练，怎么成长，怎能成熟！"

是的，是的，我们不要室内的盆栽，我们要的，是户外不畏烈阳、不怕狂风、不惧暴雨的树。

孩子是水，生活是酵母；水和酵母，不经酝酿，又哪能成为美酒呵！

在田纳西，他在大学外面和几位朋友合租一间公寓。

除了读书之外，柴米油盐酱醋茶，样样要管，样样得管。平生第一回，他体验到了生活的艰难。

第一年，没有买车，必须乘搭公共汽车，每周上超级市场买杂粮，便是一大负担。他的公寓坐落于斜坡处，在积雪盈尺的严冬里，肩上沉沉地托着柴米油盐酱醋茶，举步维艰地走在寒峭的风雪中，那种心境，凄凉而又苍凉；对于家里样样被照顾得周周全全的那一份舒适，也就有了强烈的感受和怀念。

第二年，汇钱给他买了一辆车，但是，冬天一来，又衍生了别的问题。早上开门，到处都是白茫茫的一片，门外的车，被霜雪覆盖，像冰糖葫芦一般，多了一层亮晶晶的"壳"，必须以特制的塑胶铲子把霜雪一小块一小块地凿掉，之后，还得淋上一桶又一桶的热水，使冰雪彻底融掉，车子才能开动。

引擎虽然发动了，无奈路太滑，根本走不了，还得在车子底下垫上木板，才能借势开动。经过一番又一番的折腾，车子终于开上路时，已花去了一整个时辰。

田纳西山路多，在大雪纷飞时，驾驶变得非常危险，路滑且不说，最可怕的是上斜坡时，碰到凹凸不平的霜块，车轮吃不住，又停不了，死命往后退，完全无法控制。就有一回，车子像溜冰一样往后滑，滑滑滑、滑滑滑，他几乎把刹车器都踩扁了，一点用处也没有，车子一直退到斜坡的最低处，才勉强停了下来，幸好当时后面没有其他车子，才没有酿成不幸的车祸。

处理日常膳食，又是另一个大问题，方义厨艺蹩脚，加上对烹饪毫无兴趣，许多时候，就只求填饱肚子便算了。大学四年，他最常吃的一道菜是酱料焖鸡——到超级市场去将那死了至少一千年的冰冻鸡买回来，解冻后，斩成几大块，加入千篇一律的调味料，慢火烹煮，煮熟了便熄火，整锅放进冰箱。每天取一点出来，加热之后，配上白饭，将就地吃。吃了一个星期后，又再如法炮制。让人难以置信的是，这种连听了也令人起"鸡皮疙瘩"的"制服鸡"，他居然不弃不离地吃上好几年！

美国留学四年，他最受落的，是那种无所不在的自由。

以前在家，处于半大不小的尴尬年龄，处处受管制，跟谁出门、几点回家，都得一一向父母报告；有时，心里想做什么，都不敢放胆去做，怕出错了，得挨责受罚。

然而，一来到国外，他便完完全全成了自己的主人。

表面上，拥有百分之百的自由是无限惬意的，实际上，这种无限度的自由，正是最难拿捏分寸的。

在他周围，因为滥用自由而沦落异乡者，比比皆是。举例来说，有人将偌大一笔学费拿去做小生意而失败，钱花光了，学业也耽误了，最后，只好借了大学的袍子，拍张假的毕业照，蒙骗父母。也有人未婚先孕，把初生婴孩代替文凭，携回家去。最不堪的是：借钱去赌博，欠下一屁股无法偿还的债，残局难收；或者，染上毒瘾，欲罢不能，深陷罪恶的泥沼。

独居国外，方义深切地悟及：自己管自己，必须在无限度的自由里进行有限度的自我约束，难度高，挑战大。

实际上，自由既是人参，也是罂粟。

方义通过了这一项严峻的考验，在 1998 年顺利地考获了机械工程学位，于同年回返新加坡，入伍服役。

这一年，他二十一岁。

他给他的弟弟和妹妹立下了很好的榜样。

服役期满，他在一家设立于本地的美国公司工作了三年后，发现了工程在新加坡未来的发展有极大的局限性，于是，当机立断，提出辞呈，飞往美国华盛顿，在 Georgetown University（乔治敦大学）修读商业硕士课程（MBA）。

毕业后重返家园，目前，任职于银行界。

他的自重，是我永远的自豪。

次子的故事

次子方德，是家里一道很灿烂的阳光。

出世时，方头大脸，有一双弯弯的眸子，满满地盛着笑意，好像一个缩小了的圣诞老人；就算他在哭着时，那张脸，看起来居然还是欢欢喜喜的。

等学会说话时，一张嘴，常有如珠妙语，让人笑得前仰后合，是个人见人爱的开心果。

他自小便爱把问号挂在嘴巴上，无论看到什么都想"打破沙锅问到底"。在家里，屋前屋后跟着我打转，嘴里吐着一连串的"为什么"，简直就像是一架"疲劳轰炸机"。

他且是个雏形的饕餮，一闻到食物的香味，双眼便大放异彩。在好饭好菜的滋养下，身体快速向上抽长，长长长，长长长，越长越高，到了十七岁时，高度已届一米八。

他一向是个循规蹈矩的孩子，在他的字典里，"放任胡为"纯然是个陌生的词。中学四年，从来不曾缺课一天半日。有一回，发烧，特地嘱咐他不要上学，可是，我在厨房准备早餐时，却看到他穿着整齐的校服，从房间里走了出来；怕我阻止他，还故意强打精神说道："已经服药了，没事啦！"

与老大一样，我们让他先读大学，后服

兵役。

1999 年，考入了美国印第安纳州的 Purdue University（普渡大学），同时修读电气工程与经济学双重学位。

在 Purdue University，来自新加坡的学生不多，而经常来往的，就只有区区十来个而已。

每逢佳节倍思亲，他们化解思念的方式便是吃。在华人的传统佳节里，这些来自狮城的学子兴致勃勃地聚集在一块儿，每个人试煮一道妈妈的菜，五彩缤纷的菜肴摆满一长桌。大家风卷残云般把食物扫入胃囊里，等胃囊填满了妈妈的味道，思念亲人的那颗心，也得到了某种程度的慰藉。

方德爱吃，平时对食物虽不挑肥拣瘦，但却具有极为敏锐的味蕾，能准确地品尝出食物的好与坏，能正确地分析味道的佳与劣。

在他所住的那个城市，没有上水准的中餐馆，就算有吧，作为学生，恐怕也没有充裕的经济能力可以让他随时上馆子解馋。

天助自助者，为了满足口腹之欲，他练出了一手蛮不错的厨艺。据他自称，他的拿手好菜十根手指数不完，包括：宫保鸡丁、黑椒牛肉、甜酸肉、泰式咖喱、肉骨茶、海南鸡饭、黄梨炒饭、蒸豆腐、咖喱鸡、泰式酸辣汤、越南春卷、香煎肉饼、三色蒸蛋、马来米粉，等等。

我问他：

"你的朋友尝过你的厨艺后，反应如何？"

他笑嘻嘻地应：

"从此再也不敢上门了。"

他人际关系好，假期一来，便呼朋唤友去旅行，美国许多大小乡镇城市，便这样印上了他的足迹。

和朋友一起旅行，他在观光之余，最大收获便是学会了包涵与容忍、了解和体谅，而这些，是比金子更为可贵的素质。

四年留学生涯当中，他最甜蜜的回忆是办了一项极为有趣的运动会（他戏称为"迷你型的奥林匹克运动会"）。他和同样来自新加坡的室友联名发函给邻近五六个州的大学，邀请新加坡籍的学生前来 Purdue University，举行各种球类的友谊赛，为期两天。

没有想到这项邀请居然吸引了百余名来客。他们简直乐坏了，白天，疯狂地打球；晚上，疯狂地聊天。借打球打掉忆乡之愁，借谈天化除思家之情。

短短两天，酿造了长长一生甜蜜的回忆。

2001 年 9 月 11 日，身在美国的他，受到了此生最大、最深、最强的冲击，国际恐怖主义分子毫无人性的侵袭，让他进行了深层的思考，也使他深刻地感受到社稷与人民那种唇齿相依的关系。

2003 年，他同时考获电气工程与经济学双重学位。我们全家飞赴美国，参加他于 Purdue University 举行的毕业典礼。

之后，他入伍服役，受委为军官。

服役过后，受聘于某家外国银行，于 2006 年 8 月飞赴香港上任。

他是我心中永远的宝贝。

说句坦白的话，原本并没打算让可君出国深造的。

一直将她视为掌心里的一颗明珠，内心有很深的恐惧，担心她会成为海外生根的落叶。

朋友当中、亲戚当中，这样的例子，并不乏见。骊歌奏起的同时，结婚进行曲也响起了，放出去的风筝，永永远远没入了异国的蓝空里。

自读中学起，我便"处心积虑"地给她进行"思想教育"：

"你先在本地读大学，读完了再出国，读硕士、读博士；这样一来，你便可以好好地体验与比较国内和国外的大学生活和体制了。"

女儿不出声。

我又动之以情：

"妈妈只有你一个女儿呢，你出国了，我多寂寞！"

她紧紧地搂住我，亲昵地把头伏在我肩上，依然还是没有出声。

青春的心啊，早已长了翅膀，飞得远远的。

她爱阅读，常阅读，思维缜密，下笔如

有神助。自小牙尖嘴利，加上反应超快，纵是自恃口才不赖的我，有时也因棋逢敌手而败下阵来。闲来无事，母女俩互磨嘴皮以逗乐子，她的口才，也因此愈磨愈利了。

决定修读法律，完全是意料中事。

在莱佛士初级学院修毕高中课程后，成绩优异的她为新加坡国立大学法律系录取了，可是，她一心想要出国。

日胜劝我：

"两个儿子都送出国去，如果我们坚持不让她走，她可能会以为我们重男轻女而埋怨我们一辈子的。我看，就顺遂她的心意，让她出国去吧！"

2003 年，她飞赴英国伦敦，入读 University College London（伦敦大学学院）法律系。

许多人都以为我或日胜会陪她到英国去办入学手续。

然而，我们都没去。

我们相信，该放手的时候，便放手。永远牵着孩子的手，孩子又怎么学会独立行走呢？

送她到机场，她一进了闸门，便没有再回头看我们，从她微微耸动的双肩，我知道她在哭，她不回头，是因为她不要我们看到她的眼泪。过了很久很久之后，谈起这事，她说：

"我在飞机上一直一直哭，哭到连眼睛都肿得睁不开了！"

我呢，对自己说，不要哭，不能哭，出国读书，是天大的喜事呢；可是，不管怎么忍，我还是清清楚楚地听到自己的哽咽，冰冷的泪，落个满襟满怀。

这一走，便是长长的三年。

在这三年里，除了第一年曾回来度过一个长假外，其他两年，我们都不曾再让她回来，原因是我们要她利用"天时地利之和"，到东欧和西欧各国去旅行，每一趟旅行，都是一个学习的机会啊！

她充分地利用了这个优势，以自助的方式，畅游了希腊、西班牙、意大利、丹麦、捷克等国家。

每回接到她的明信片，读及她趣味横溢的旅游见闻、有惊无险的旅途际遇，我便欣慰地感觉到，女儿的智慧，正以惊人的速度，一寸一寸地长着、长着。

英国是欧洲人种的大熔炉，女儿因此有机会和各大种族接触，她像海绵一样贪婪地吸收各种不同的文化观与价值观，取菁去芜地形成了自己的人生观。

我们通过频密的电邮谈心，谈得极多的，是她当义工的经验。

她在课余之暇到伦敦大学学院医院（University College Hospital）当义工，为那些无家可归的流浪病患解忧排难，也为来自亚洲的难民充当翻译和寻求法律援助。

她说：

"妈妈，我总是觉得我的幸福太满了，必须分一些出去，让社会不幸的一群也能得着一些温暖。"

为身罹绝症者提供服务，使她深刻地领悟了生命的另一层意义。

在伦敦医院里，医生工作负荷重，往往只顾治病，无暇关心病人的心理状况；护士呢，杂务繁多，无法照顾病人的额外需求。因此，义工便成了举足轻重的人物，他们像是冬天的暖炉、夏天的冰，给病人带来舒适和快乐。

女儿在信里写道：

"生命之火即将熄灭，折磨他们的，其实不是那纠缠不休的病痛，而是那长年长日沉沉地压在心上的、无可化解的寂寞。我去陪病人聊天，更正确地说，是听他们讲话，往往坐在床边一听便是好几个小时，只有在这个时刻，我才看到他们眼中闪烁的笑意，我也才能感觉到他们枯瘦如柴的躯体内还残存着微弱的生命力。有时，我也代他们外出买东西。比如说，买一部书，或者，一扎美丽的信纸；有个老妇人要我为她买一捆粉红色的毛线，她想给她刚出世的孙女织一件毛衣，可是，毛衣还没织好，她便去世了。"

每周一次到医院里当义工，使女儿对于生命有了更深的体悟，也使她更懂得了惜福之道。

初到伦敦时，她不适应也不喜欢当地的天气，颇多怨言，尤其是漫长的冬天，细雨绵绵，阴阴沉沉，她的心情也因此笼罩在阴霾当中。然而，后来，在医院里看到了人生许多无可逆转的不如意，她的心态起了一百八十度的转变，她不再无病呻吟了。在酷寒的冬天里，她热烈赞美鹅毛飞雪满天飘舞的景致；到了夏天，她又快乐地说老天给大地送来了大棉被。

浪涛拍岸发出巨响，悲观的人听成是大海的哭泣，乐观的人呢，却听成是海涛的欢歌。

我希望我的女儿听到的永远是歌声。

她，真的听到了。

2006 年 6 月，我们举家到西班牙旅行，女儿由伦敦飞赴马德里与我们会合。在机场的闸门外，亭亭玉立的她，朝着我们露出了自信而美丽的笑容。

在西班牙旅行三周之后，我们偕她回返伦敦，她的成绩，刚刚揭晓。我们站在伦敦大学学院的布告栏前方，紧张地查看，啊，找到了，找到她的名字了！

她考获了伦敦大学学院二等（甲级）法律文凭。

我们母女热烈拥抱。

根据新加坡有关方面规定，她如果要执业于新加坡法律界，就必须在新加坡国立大学法律系修读一年。

2006 年 8 月，她迈着稳健的步伐，走进了新加坡国立大学的门槛。

尤今小语系列图书推荐

《不老的阿尔卑斯山：欧罗巴圆舞曲》

尤今◎著　海天出版社　定价：32.00元

本书是一本游记，但也记载了历史。既描述了神秘的亚马孙丛林、世界奇观玛雅遗址、辽阔的新西兰牧场等，又记录了20世纪90年代世界时局风云变幻之下"蒙着黑纱"、曙光初露的东欧。

《地中海那马车夫：寸寸土地皆故事》

尤今◎著　海天出版社　定价：32.00元

本书为尤今环球旅行散文系列之一，文中描述了危机四伏的泰北丛林、世外桃源般的水上克什米尔、步步惊心的战后东南亚、神秘奢华的中东上流社会等，不一而足。

《聆听文字的声音：尤今的生活哲学》

尤今◎著　海天出版社　定价：35.00元

本书是一部小品文集，主题涉及亲情、友情、美食、旅游、教育、语言等，字里行间蕴藏着许多宝贵的人生道理。

《花瓣的甜味：尤今的蝴蝶人生》

尤今◎著　海天出版社　定价：35.00元

本书是一部小品文集，分为4辑：情系人间、桃源在心、爱的呼唤、心灵碰撞。作者通过一个个小故事，传达了一些坚定不变的美好信念，抒发了对人生的感悟和对快乐的追求。

《被人遗忘的天堂：尤今眼中的世界》

尤今◎著　海天出版社　定价：39.80元

本书精选尤今的多篇游记，以雅驯的文字和真挚的情感带你走进各大洲被人忽略的美好，见识各个地方的真实生活，体验不同的民俗文化，感受平凡而不平淡的人间烟火。

尤今小语系列图书推荐

《倾听呼吸的声音：回首岁月，种一株快乐的树》

尤今◎著　海天出版社　定价：32.00元

本书分为两篇：

上篇"回首岁月"主要介绍了尤今对于父母等长辈的哀思、感恩之情；

下篇"种一株快乐的树"主要介绍了尤今对于子女教育的一些期望和一点体会。平实处见真情、平凡处见温情。

《清风徐来：在门外挂串风铃，叮叮咚咚》

尤今◎著　海天出版社　定价：32.00元

本书分为四篇：

第一篇"石头很快乐"和第二篇"在门外挂串风铃"主要介绍了一些小故事以及尤今从中得出生活的感悟；第三篇"纸盒里的爱"主要探讨了爱情与婚姻的一点启示；第四篇"人生如文学"则是作者从文学创作的角度谈处世的哲理。

《把自己放进汤里：欢喜的豆花，抑郁的茄子》

尤今◎著　海天出版社　定价：32.00元

这是一本关于美食的散文集，全书通过对于各种美食的描写，揭示出浓浓的亲情、乡情以及言简意赅的做人道理。欢喜的豆花、抑郁的茄子……只要你细细咀嚼，就会发现：每种食物都蕴含着深入浅出的人生哲学。

《走路的云：用脚步丈量世界，品味生命》

尤今◎著　海天出版社　定价：32.00元

本书是新加坡著名作家尤今的旅行散文集，主要介绍了作者环游世界的一些见闻和感悟，其中重点介绍了在巴基斯坦与伊朗旅行的故事和感悟。以旅行来感受生命，以异域文明来观照中华文明。

作者简介

尤今，新加坡著名女作家，南洋大学中文系荣誉学士。曾先后任职于新加坡国家图书馆、报界，也曾执教于中学和初级学院。现在专事写作，已出版小说、散文集、游记180余部。作品每年都被新加坡多所学校选为课外辅助读本，也入选了中国的中小学教材和课外读物。

"林清玄小语" 图书推荐

《匠士之道，平淡自有滋味：林清玄小语（上）》

作者：林清玄（著），老树（绘）

出版社：海天出版社　　出版时间：2016.12

定价：39.80元

内容简介：

　　人生一世，即便是轰轰烈烈、几度辉煌，平淡才是最后的"绝唱"。本书以"情"为主题，精选了林清玄讲述爱情、亲情、乡情、世情的文章，内容充分体现了"以清净心看世界，以欢喜心过生活，以平常心生情味"。

《心有沉香，不畏浮世：林清玄小语（下）》

作者：林清玄（著），老树（绘）

出版社：海天出版社　　出版时间：2016.12

定价：39.80元

内容简介：

　　浮世是水，俗木随欲望水波流荡，无所定止。沉香是定石，在水中一样沉静，一样的香。一个人内心如果有了沉香，便能不畏惧浮世。本书以"禅"为主题，所选文章将文学与禅理相结合，东方美学理念和佛教哲学情怀融为一体，禅的机锋和日常生命感悟相融合，让人在平实的文字中感受深邃而朴实的佛理。

作者简介

　　林清玄，台湾高雄人，当代著名作家。30岁前获遍台湾各项文学大奖，文章多次入选中小学华语教材、大学语文选、高考语文试卷，作品风靡整个华人世界，被誉为"当代散文八大家"之一。

　　老树，新浪微博"老树画画"的博主，大学教授。20世纪80年代初自学绘画；2007年始，重操画业；2011年7月25日开通新浪微博，是目前在网络上火遍华人圈的"现象级"画家。

瀚·心灵系列图书推荐
——徐竹心灵小语系列

《放得下，生活无牵挂》

［台湾］徐竹◎著　海天出版社　出版时间：2014.11　定价：32.00元

　　每一段时间，我们都需要停下来好好检视我们的生活，才能帮助自己拥有更快乐、健全的人生。也许我们曾犯了错，导致一段不堪的岁月，但并不是注定未来就会一直如此。我们无法改变过去，不如就改变未来吧。

《要想拥有安然自在的心，就不要为难自己》

［台湾］徐竹◎著　海天出版社　出版时间：2014.11　定价：32.00元

　　没有什么困难是不可征服的。可悲的是，来自我们内心的负面作用，使我们无法安然自在。当你不再为琐事而为难自己时，就会发现其实自己不必完美，就可以拥有圆满富足的幸福人生！

《生活简单就是幸福：让烦恼舍离的五种练习》

［台湾］徐竹◎著　海天出版社　出版时间：2014.11　定价：32.00元

　　要让自己幸福快乐很容易，只要在面临抉择时专心致志，不要把思绪束缚在琐细而无意义的事情上，你就能迅速做出对自己最有意义的判断。其实人生的阻碍都是我们自己一手造成的，让我们断绝烦恼，迈向简单幸福的生活。

《一个人的极致幸福：从爱上自己开始》

［台湾］徐竹◎著　海天出版社　出版时间：2014.11　定价：32.00元

　　只要我们懂得适时地放下，凝视自己的内心，以满足的眼光看待周边的每一件事物，如此一来，无论是处于什么样的位置，都将能受到幸福的围绕，处处都是极致幸福的所在。

作者简介

徐竹

　　淡江大学大众传播学系肄业，工作经历非常丰富，曾端过盘子、卖过流行服饰、做过半宝石饰品设计，亦是儿童作品编剧、新闻杂志社会记者、BAZAAR杂志采编、女性杂志主编、动画公司编剧等，已出版过的书籍有爱情小说、小品、心理励志以及少年小说、童话等。得奖记录："大墩文学奖""梦花文学奖""好书大家读"等。